Pour Minne et Daniel

Mes remerciements à
Kahina Aït-Aoudia
et à Vincent Schneegans
pour leurs précieux conseils.

Il est une heure quinze à l'horloge lumineuse du tableau de bord. La golf GTI se gare sur le parking désert. Ultime ronflement de moteur pour la frime, phares qui s'éteignent, portières qui claquent. Derrière, la cité se détache en angles durs, comme découpée à la cisaille sur la toile noire de la nuit.

Quatre silhouettes s'approchent les unes des autres en titubant un peu. Ils parlent fort, ils rient. Tu sais d'où ils viennent : le Rony's, un bowling où ils passent toutes leurs soirées à boire et à draguer les filles du coin. Toi-même au début, tu y as traîné pas mal de temps en leur compagnie. Ils ne soupçonnent pas ta présence et n'ont pas un regard pour la voiture dans laquelle tu te dissimules, à l'abri sur les sièges arrière. Comment pourraient-ils te voir d'ailleurs ? Tu portes des vêtements noirs, comme si tu étais en deuil, le parking est obscur, noyé dans les ombres. Seul un réverbère fonctionne encore, là où ils se sont rassemblés. Les mômes du quartier ont si souvent dégommé les autres à coups de pierres que la municipalité a renoncé à les faire réparer.

Tu t'avances avec précaution vers la vitre pour mieux les observer. Tu es suffisamment près d'eux pour reconnaître Dom La teigne, cheveux roux, faciès de fouine, qui porte une canette de bière à ses lèvres puis la jette négligemment sur le sol, Mouss, de dos, qui balance ses épaules de catcheur et se dandine sur place. Nico, complètement allumé comme d'habitude, les yeux à moitié fermés, les lèvres agitées de tics, tourne sur lui-même en agitant les bras. Il fait l'avion. Eric joue avec les clés de sa bagnole. Il s'amuse à boucler et à ouvrir les portières avec la commande à distance. A chaque pression de son pouce, les veilleuses de la golf s'allument et teintent brièvement leurs visages de reflets jaunes et orange.

La teigne n'a pas le temps de réagir quand un homme encapuchonné surgit de derrière une voiture et l'étend net d'un coup de batte de base-ball. Mouss se jette sur leur agresseur comme un forcené et le saisit à la gorge. Quatre silhouettes encagoulées jaillissent à leur tour, armées de bâtons et de gourdins et se mettent à frapper férocement les trois hommes encore debout. Mouss reçoit un méchant coup à l'arrière du crâne, tombe comme une masse et ne bouge plus, ce qui ne retient pas l'autre de continuer à le rouer de coups. Tu vois Nico sortir son couteau à cran d'arrêt de la poche de son blouson. Un moulinet l'envoie à terre, un pied écrase sauvagement sa main. La douleur lui fait lâcher son arme. Il roule sur lui-même et tente de mordre la jambe de son assaillant qui, furieux, abat de toutes ses forces son gourdin sur sa nuque. Un jet noir gicle du nez de Nico qui s'étale. Il est agité de soubresauts puis se calme, comme s'il s'endormait.

Eric est à terre, toujours conscient. Il est assis sur les fesses et se tient la tête. Le sang dégouline entre ses doigts. On le relève sans ménagement et on le traîne jusqu'à la voiture où tu te caches. Sa face s'écrase sur la vitre avec un bruit sourd, y laissant une traînée rouge mêlée de morve et de bave. Il grimace de douleur quand ceux qui l'immobilisent tirent ses cheveux en arrière pour qu'il regarde dans ta direction. Tu allumes la veilleuse de l'habitacle et tu t'avances un peu. Il a un haut-le-corps quand il te reconnaît. Si tu poussais encore la tête de quelques centimètres en avant, tes lèvres seraient exactement en face des siennes, comme pour lui donner un baiser. Quand tu craches, il a un mouvement de recul. Tu penses que c'est absurde parce que tu ne peux pas l'atteindre. Tu fixes la coulée de salive qui dégouline lentement le long de la vitre. Il dit quelque chose que tu ne comprends pas. Les autres l'entraînent. Il rue et se débat tandis qu'une grêle de coups s'abat sur lui. Quand il est revenu à de meilleures dispositions, les hommes masqués le forcent à s'agenouiller. Le plus grand des cinq lève son bâton et l'abat de toutes ses forces dans son dos. La portière est fermée et pourtant tu as entendu son cri et aussi un bruit sourd d'os qui se brisent. Il roule à terre, évanoui. Ses bourreaux l'abandonnent. Un des quatre hommes se glisse à l'avant de la voiture et la fait démarrer, un autre vient s'asseoir à côté de toi. Les trois derniers disparaissent dans l'obscurité après avoir fourré leurs armes dans le coffre.

Maintenant, vous roulez calmement sur l'avenue. Tes deux compagnons se sont débarrassés de leurs cagoules. Le chauffeur est silencieux. Il finit par dire :

— Je crois que pour Nico, c'est fini. J'ai cogné trop fort. Heureusement qu'on a des alibis en béton...

Ton voisin se tait. Il est si près de toi que tu peux sentir son odeur de sueur. Le chauffeur reprend :

— Tout a marché exactement comme prévu. Maintenant, on file vers Roissy. Ton avion décolle dans une heure. Tu vas essayer d'oublier tout ça. Tu recommences à zéro.

Tu ne réponds rien, tu te recroquevilles, tu as envie de vomir. Nico a été effacé, net et sans bavures : une sale mort pour une sale vie. Mouss, la teigne et Eric ont été tabassés. Ils méritaient pire. Ils s'en relèveront. Et toi ? Qu'est-ce qu'il reste de toi ?

Les lumières du périph effacent la nuit. La voiture prend de la vitesse et t'emporte. Demain, tu seras loin.

Pour longtemps.

CHAPITRE 1

Je me suis interrompu au milieu de ma phrase. Charlie avait décroché. Il se haussait sur la pointe des pieds et lançait des regards sournois par-dessus mon épaule. Ça m'a gonflé et j'ai fini par demander :

— Y a quoi, là ? Je t'emmerde ?

Charlie s'est contenté d'une moue d'approbation avant de répondre :

— Y a qu'Hamid, il a levé le canon du siècle !

Je me suis retourné.

C'était les retrouvailles du lundi matin. Partout, dans la cour, des petits cercles compacts, filles et garçons mélangés, épaule contre épaule, debout, battant la semelle, en train de fumer ou de discuter en attendant la sonnerie de huit heures, dans une rumeur mêlée de rires, de cris, d'éclats de conversations. Au même moment, me sont parvenues les bouffées d'un vent frais qui emportait avec lui des odeurs de tabac, de parfum bon marché, de sueur, de chewing-gum à la menthe. D'automne.

Je ne savais pas où les chercher. Charlie a posé sa main sur mon épaule et a pointé le doigt sur ma droite.

— Là, juste derrière Magda.

J'ai fait un pas de côté. A cinq mètres de moi, de l'autre côté du grillage, Hamid baratinait une princesse des Mille et Une Nuits, une fille que je n'avais jamais vue, en jean et en pull clair. Mince, la peau mate, une chevelure épaisse, noire et bouclée qui lui dégringolait jusqu'aux hanches, des yeux en amande, superbes, mais très distants, froids, opaques, comme s'il n'y avait rien à trouver au-delà de leur surface brillante, ombragée par le voile brun des cils.

Pas belle. Des filles belles, il y en a des tas. Non. Mieux que ça.

Evidente.

Comme l'était ma So.

J'étais sans défense, harponné, sans qu'elle ait rien eu d'autre à faire qu'être là, devant moi, dont elle ne soupçonnait même pas l'existence. Avec un pincement au cœur, j'ai pensé que si Hamid l'avait entreprise, je pouvais toujours courir...

Il lui faisait son numéro habituel : sourire éclatant, vannes en rafale, battements de cils soyeux, gestes de la main apaisants, déjà complices. Elle l'écoutait mais il n'y avait sur ses lèvres qu'un sourire léger, embué de tristesse. A un moment, Hamid m'a aperçu. Il m'a désigné et a prononcé quelques mots. Les yeux de la fille se sont attardés un instant sur mon visage puis sont revenus balayer la cour avant de chercher le ciel et se perdre vers les immeubles qui ceinturent le lycée. Un pion est arrivé et lui a parlé. Elle a adressé un geste de la main à Hamid et s'est dirigée vers le bâtiment de l'administration. J'ai planté là Charlie, j'ai franchi la grille du bahut et je me suis précipité vers lui.

— Qui c'est cette meuf ? Qu'est-ce que tu lui disais sur moi ?

— Ouallah ! Tu te calmes, mon fils. Je t'en ai parlé la semaine dernière. C'est ma cousine Djamila. Mutée pour raisons professionnelles.

Il a cligné de l'œil. *Sa cousine…* J'ai contenu le soupir de soulagement qui montait de ma poitrine. Hamid étudiait mon visage, une expression ironique aux lèvres. Comme je ne risquais aucun commentaire, il a repris :

— Bon, toi t'es d'humeur riante ce matin. Allez, je déconne. Elle vient habiter chez nous, au calme et profiter de l'air pur et sain du Poitou. La banlieue, c'est trop pollué, ça lui réussit pas. Et coup de bol, elle se retrouve dans la même term' que nous. Bonnard, non ? On va pouvoir s'occuper d'elle.

S'occuper d'elle… Il se foutait de moi ou quoi ? Cette fille on n'avait envie que de ça : s'occuper d'elle. Je me suis souvenu que quelques jours auparavant, Hamid avait effectivement fait allusion à sa cousine qui devait s'inscrire au bahut mais je n'y avais pas prêté attention. C'était le vendredi soir, on avait pas mal picolé, pas mal fumé, et à un moment, comme si ça le travaillait, il m'avait dit que sa mère aller monter à Sergeny pour ramener sa cousine ici. J'avais demandé avec ma finesse habituelle : « Baisable ? » Il avait répondu froidement : « T'es con ! » On en était restés là et je n'y avais plus pensé.

Considérant que le chapitre de la cousine était clos, Hamid s'est mis à me parler de musique. Je l'écoutais d'une oreille distraite. Dans ma tête, c'était la panique, un nom ricochait sur les parois de mon crâne et résonnait comme un écho : Djamila, Djamila, Djamila, Djamila…

La sonnerie a retenti et on s'est dirigés vers les bâtiments qui abritent les salles de cours. Une coulée humaine, épaisse et résignée, bien dressée par douze ans d'école. On arrivait devant l'escalier du bâtiment B quand Djamila est revenue, une liasse de papiers à la main. Sans un mot, elle est allée se placer à côté d'Hamid. Il l'a prise par l'épaule et ils sont montés. Je marchais derrière eux, silencieux moi aussi.

Dans le couloir, j'ai essayé de faire le malin en disant une connerie, un truc pour qu'elle me remarque. Amandine et Marion ont éclaté de rire. Djamila ne semblait ni me voir, ni m'entendre. Ni moi, ni les autres. Elle était seule, murée dans son absence, se foutant pas mal de ceux qui l'entouraient, qui se demandaient qui elle était, d'où elle venait. Sa beauté lui faisait comme une carapace invisible, épaisse et élastique, qui tenait tout le monde à distance. J'aurais voulu pouvoir passer à travers et la rejoindre pour lui arracher un regard, un rire. Une parole.

— Qui c'est la nouvelle ?

Voix suave de Marion qui se serrait contre moi et chuchotait à mon oreille. Elle sentait la vanille et ses boucles brunes chatouillaient ma joue. J'en ai saisi une entre le pouce et l'index, je l'ai attirée doucement vers ma bouche et j'ai répondu sur le même ton :

— Une créature surnaturelle, ma jolie. Un djinn, venu semer le trouble dans le cœur des garçons de la classe.

— Pour semer le trouble dans ton cœur à toi, faut se lever tôt !

Finis le miel et le sucre, ma vanne était tombée à plat. Et pour cause… Marion s'est dégagée sèchement et a rejoint Amandine. J'ai fait comme si je n'avais pas entendu et je suis resté en arrière à contempler mes pieds : mes histoires foireuses de l'an dernier, je préfère tirer un trait dessus. Mme Chardin arrivait à point nommé. Elle a ouvert la porte et on s'est installés. Elle a annoncé que l'administration l'avait informée de l'arrivée d'une nouvelle élève et s'est tournée vers Djamila. La prof lui a demandé si elle voulait se présenter. Djamila s'est nommée, a ajouté qu'elle arrivait de la région parisienne et qu'elle venait vivre chez sa tante pour raisons familiales. Elle s'est arrêtée et elle a attendu. La prof avait l'air étonnée par la brièveté de son intervention. Sans insister, elle a hoché la tête et lui a remis une petite fiche à rendre à la fin de l'heure puis elle a commencé son cours. Moi, je ne suivais pas, je n'écoutais rien, j'avais dans la tête la voix lente et grave de Djamila. Je la voyais de trois quarts et je n'étais capable de rien d'autre : la regarder. Hamid m'a donné un coup de coude et m'a soufflé :

— Vincent, la famille c'est sacré. Tu mates pas ma cousine avec des yeux comme ça. C'est pas une pâtisserie...

Il ne rigolait qu'à moitié. J'ai répondu :

— J'ai jamais vu une fille aussi belle.

— Ouais. Paraît qu'on est tous beaux dans la famille.

On a dû se taire parce que la prof a levé les yeux dans notre direction et a froncé les sourcils. J'ai soupiré et j'ai essayé de me concentrer. Djamila écoutait et notait consciencieusement tout ce que Mme Chardin écrivait au tableau. Hamid a fait exprès de tousser un peu trop fort. Sa cousine a tourné la tête vers nous et lui a souri. Je lui ai souri moi aussi mais elle a fait semblant de ne pas s'en apercevoir. Peut-être ne m'a-t-elle même pas remarqué.

Hamid s'est penché vers moi :

— Hé, j'ai vu Jérôme, hier. Il est tout seul chez lui en ce moment, ses parents sont en vacances en

Guadeloupe. On est invités à boire un pot après-demain.

J'ai haussé les épaules et j'ai jeté un regard en direction de Djamila. Il est revenu à la charge :

— T'en dis quoi ?

— Y aura qui ?

— Ceux du groupe seulement, du douze ans d'âge et des substances illicites.

Tentante, sa proposition... Bof, après tout, pourquoi pas ? Ce serait l'occasion de picoler, de fumer et de me changer les idées. J'ai fait oui de la tête et il m'a filé un petit coup de genou satisfait.

D'un lent mouvement des deux mains, Djamila a fait passer ses cheveux derrière ses épaules puis elle s'est remise à écrire. J'ai frissonné. J'ai revu So, penchée sur son violoncelle, accomplissant le même geste, tout entière tendue vers sa partition, avant de reprendre l'exécution de la pièce qu'elle travaillait.

Au bout d'une demi-heure, Djamila a demandé à aller aux toilettes. Quand elle s'est levée, j'ai cherché ses yeux. Ils étaient brillants de larmes. J'ai cru qu'elle allait se mettre à pleurer. Elle est sortie. J'ai tourné la tête vers Hamid. Il semblait tracassé. J'ai soufflé :

— Qu'est-ce qu'elle a, Djamila ? Je crois qu'elle chiale.

Il a tracé de petits gribouillis embrouillés sur sa feuille avant de chuchoter :

— Elle est loin de sa famille, elle a perdu sa cité,

ses copines, ses potes. Elle flippe. C'est normal. Tu peux pas comprendre, t'as jamais quitté ton patelin.

— Y a pas besoin de quitter son patelin pour perdre les gens qu'on aime…

Hamid a rougi et s'est excusé. J'ai laissé tomber. Tout d'un coup, moi aussi j'avais envie de chialer. Ça ne m'était plus arrivé depuis longtemps.

***

— Toi, si t'aimes bien les Arabes, c'est parce que tes parents sont de gauche !

J'ai failli me ramasser dans un sac-poubelle posé le long du mur. Ça le prend comme ça parfois, Hamid : des affirmations à l'emporte-pièce qui germent d'un coup dans sa cervelle et qu'il me balance sans les sommations d'usage. Je me tourne vers lui. Ses yeux pétillent. Il a toujours l'air de se foutre de ma gueule.

— D'où tu sors ça ?

— Je sais pas. Je me demandais si t'es vraiment sincère ou si c'est pas conditionné par le milieu, tes amitiés.

— C'est ta connerie qui est conditionnée ! Je suis ton pote parce que je t'aime bien. Arabe ou pas, si t'étais un con, je te fréquenterais pas. Mes parents, il paraît que ça s'appelle des déçus de la gauche. Ils ont le sentiment de s'être fait baiser la gueule en beauté. Je sais même pas s'ils savent encore ce qu'ils sont.

Hamid fait semblant de réfléchir.

— Je crois bien que mes parents, moi, ils ont jamais su. De toute façon, ils ont jamais pu voter, alors... On va boire une mousse ?

— Je croyais que ta religion te l'interdisait ?

Il fait la tronche, Hamid. Il n'aime pas que je lui balance l'islam dans les dents.

— La bière, c'est pas de l'alcool.

— C'est écrit dans le Coran ?

— Karah atha ! Là, tu fais vraiment chier, Vincent ! Qu'est-ce que tu y connais au Coran ! On y va ou non ?

On entre dans le bistrot et on va s'asseoir au fond. Hamid me tend son paquet de clopes. Je refuse d'un geste.

— Ah ouais, c'est vrai, t'es clean toi... Bon, on répète demain, tu te rappelles ?

Si je me rappelle ? Rien que d'y penser, j'ai les doigts qui me démangent. Il y a trois ans, avec Hamid et quelques copains, on a formé un groupe. L'année dernière, je les ai laissés tomber. Je ne pouvais plus. La musique était partie avec So. J'ai repris au printemps dernier quand j'ai recommencé à faire surface.

On doit jouer dans deux semaines au centre culturel. Soirée *Raï'n roll.* Hamid, oud et chant,

Jérôme, batterie, Gus, percus, Charlie, violon, Nacer, basse, Jipé et Lolo, cuivres et moi à la guitare solo. Des reprises de Khaled, Cheb Mami. Et aussi Manu Chao, Hendrix ou les Stones à la sauce raï...

— Un peu que je me rappelle !

Je l'examine du coin de l'œil.

— Dis, ta cousine, elle rejoindrait pas le groupe ? Elle a un physique à avoir une belle voix. Et justement, on n'a pas de chanteuse, depuis que Sabine s'est tirée...

— Elle a surtout un physique à avoir un beau cul, ma cousine ! Je te vois venir, toi, avec tes airs de faux jeton. Ma cousine, il faut surtout lui foutre la paix. J'entends déjà les hurlements de ma mère si je lui dis que j'embarque Djamila avec nous.

Il m'agace avec ses arguments à la con.

— T'es chargé de veiller sur elle ? T'es son ange gardien ? Un mec qui deale en douce, il est mal placé pour faire la morale !

— Ça n'a rien à voir... C'est la famille, c'est tout.

— Alors les artistes, on fait sa crise de couple ?

Régis, le serveur, nous apporte nos bières. Hamid lui lance un regard noir et ne répond pas. Je fouille dans ma poche et je sors mon dernier billet. Après, ça va être raide pour finir la semaine.

— Laisse, j'ai de la thune !

Hamid repousse ma main et paie ma conso. Royal.

— Tu as de la chance d'avoir un pote pareil, ricane Régis en s'éloignant.

— T'as entendu ce qu'a dit le monsieur ? T'as de la chance de m'avoir !

J'avale la moitié de ma bière et je reviens à la charge :

— Pourquoi elle est venue chez vous, Djamila ?

— Je sais pas trop, finit par lâcher Hamid, le visage fermé. Des problèmes dans son bahut. Elle ne s'entend plus avec son père. Bref, comme mon frangin est parti à Toulouse, sa piaule est libre. Elle est venue s'y installer.

Il est pas clair, mon Hamid, il essaie de me rouler dans la farine. Je sais repérer à sa voix quand il me raconte des salades. Il y a autre chose, j'en suis certain.

— Tu la connais bien ?

— Bien et pas bien à la fois. Je sais juste que c'est la super intello mais pas le genre à raconter sa vie. En plus, chez moi, les filles et les garçons, ça parle pas.

— Elle a un mec à Sergeny ?

— Je sais pas, demande-lui !

— Elle est super belle.

— Ouais. Trop belle pour toi, mon pote. Je me casse. A demain.

Il se lève, me serre la main et disparaît. Le brouhaha familier des conversations me berce. Je ferme les paupières, je vois deux yeux tristes et noirs semés de reflets dorés.

— Je te remets ça ?

Régis montre du doigt mon verre dans lequel il reste un fond de bière. Je le vide d'un trait.

— Non merci, je dois filer. A plus.

***

Mon père est en train de lire au salon quand j'arrive.

— Maman est pas rentrée ?

— Non, ce lundi, elle finit plus tard, elle est de garde.

Il me sourit et replonge dans son journal. Depuis trois semaines, il lit toute la presse, en état de manque permanent. Il a envie de savoir, de comprendre. Il a l'impression que s'il comprend, la Terre tournera un peu mieux. Et lui avec.

Alors il lit.

Moi, je doute du résultat. Mais comment oublier ce mardi soir où je suis arrivé du bahut, l'esprit léger. Mon père regardait la télé, au salon. Quand je suis entré, il n'a même pas tourné la tête. Je le voyais de trois quarts. Il était livide, figé devant le récepteur. Mes yeux se sont portés vers l'écran. On voyait un nuage de fumée noire au-dessus d'une ville. J'ai reconnu New York. Je ne comprenais rien à ce qui se passait. J'ai pensé à un incendie, à un tremblement de terre. La vue a brusquement changé. On voyait une tour et un avion qui s'en approchait, la percutait et explosait. Et d'autres images encore. Plus éloignées. Une tour vacillait, et s'effondrait, se vaporisait, se transformait en poussière, tandis que des hommes en costard se sauvaient en hurlant. Je n'arrivais pas à en croire mes yeux. J'ai cru à un trucage, à un film catastrophe. Mais au fond de moi, je savais que c'était vrai. Que c'était la putain de vérité. Tout ce que j'ai trouvé à demander, c'est :

— Il y a des gens là-dessous ?

Mon père a hoché la tête. Je me suis assis à côté de lui.

— C'est quoi ce bordel ?

— Je ne sais pas. Le début de la guerre, peut-être.

Et de toute la soirée, même après le retour de ma mère, on n'a pas décollé de l'écran de télé. Avalant les mêmes images, sans cesse, jusqu'à la nausée. Comme si les revoir pourrait nous aider à les accepter, à mieux supporter la douleur et la honte, à accepter l'inacceptable et à avoir moins peur.

Et depuis, mon père lit. A s'en user les yeux.

Je passe devant la piaule de So. J'ai la tentation d'y entrer, de fouiner dans ses affaires, de m'étendre sur son lit, de me souvenir. Je me contente d'aller dans ma chambre. J'ai un bref instant la vision de ses yeux immenses, rougis par les larmes, de ses cheveux bruns qu'elle rejetait en arrière d'un brusque mouvement de la tête, de ses ongles rongés jusqu'au sang.

J'ouvre la caisse de ma guitare, je la branche et je commence à m'enfiler des gammes : majeures, mineures, mélodiques, harmoniques, par tons, pentatoniques, brisées... Ça me vide la tête. Je m'obstine à mouliner mes notes jusqu'à ce que le chagrin se dilue et s'efface. Quand j'ai les doigts bien chauds, je mets un disque et je joue. Je soigne, je peaufine mes solos jusqu'à ce que ça coule tout seul, moitié rock, moitié raï. Là, je suis dans mon élément, je respire enfin, j'oublie tout.

Mon père est adossé au chambranle de la porte. Il m'écoute. C'est lui qui m'a donné ma Gibson, une merveille de rondeur et de clarté qui l'a accompagné dans tous ses concerts.

— Tu deviens bon, tu sais. Tu deviens très bon.

Il a une expression douloureuse sur le visage. Je sais à quoi il pense mais je n'ai pas envie qu'il m'en parle.

CHAPITRE 2

Le ciel est bleu, veiné de blanc. Des filaments de nuages s'étirent et se dissolvent tout là-haut dans la lumière d'octobre. J'ai le vague à l'âme, depuis deux jours. C'est bizarre, quand même… Le monde menace de s'écrouler, le plan vigie-pirate a été rétabli, on craint des attentats dans le monde entier, la guerre menace en Afghanistan et moi, je m'apitoie sur mes minuscules chagrins amoureux.

Elle est belle l'humanité ! Et moi avec.

Rapide inspection de la cour. Pas d'Hamid ! Je me demande où il a bien pu passer, on doit aller bouffer ensemble avant d'aller se balader en ville. Un attroupement devant le rèf attire mon attention. Je quitte mon banc et je m'approche. Jenny, une fille de ma classe, passe devant moi en courant et se précipite vers le bureau de la *Vie Scolaire*. Elle me lance avec jubilation :

— Putain, la nouvelle, la pêche qu'elle a !

J'accélère le pas, légèrement inquiet. A deux mètres devant moi, Jordan, un type de première S est recroquevillé au sol, il se tient la tête à deux mains et gémit. Je le connais parce qu'on a joué au basket ensemble, il y a deux ans. Beau gosse. Pas fin. Le genre « Moi les meufs, je les tire quand je veux ! » Un garçon tout en subtilité…

Djamila est debout à côté de lui. Elle le fixe, impassible, les poings serrés si fort que les jointures de ses articulations sont blanches. Je bouscule un ou deux types qui restent là comme des abrutis à mater, je m'accroupis et j'écarte doucement les mains dc Jordan. Le sang pisse : elle lui a éclaté le pif ! Net et sans bavures. Il a l'air sonné et grimace de douleur. Fred, un pion, arrive et demande ce qui se passe. Djamila ne répond pas, une expression butée sur le visage. On relève sa victime, qui titube un peu mais tient le coup.

— Tu peux marcher ? interroge Fred.

Jordan hoche la tête et s'agrippe à moi. Je le cramponne. Le raisin dégouline sur ses lèvres, son menton et finit épongé par son tee-shirt Calvin Klein à 500 balles. J'espère qu'il l'a assuré parce qu'à mon avis, il est foutu. Le pion le prend par l'épaule et l'inspecte, histoire de vérifier qu'il ne va pas tomber dans les pommes. Il se tourne vers moi :

— O.K. Tu l'emmènes à l'infirmerie, nous on va tirer cette histoire au clair.

Il fixe Djamila. Elle est très pâle, très belle et soutient son regard sans broncher. Je réponds oui et j'entraîne Jordan tandis que Fred et Djamila partent vers le bureau du CPE. Jordan a du mal à avancer et je dois le soutenir.

— Te serre pas trop contre moi, tu vas dégueulasser mes fringues et me filer le sida en prime…

— Pauvre con !

Ça, c'est bien du Jordan, toujours une parole délicate pour vous remercier de votre sollicitude. J'attaque :

— Pourquoi elle t'a massacré la gueule, Djamila ?

Il renifle bruyamment avant de répondre :

— C't'une conne !

Bon, je savais déjà que son vocabulaire tenait sur un timbre-poste. On va refaire ça en plus recherché.

— Ouais, cette meuf, c'est vrai qu'il y a pas moyen de savoir ce qu'elle a dans la tronche. Elle se la joue grave. T'as parlé avec elle ?

Il repousse la mèche qui retombe sur ses yeux et répond avec un air de défi :

— Je lui ai dit qu'elle avait l'air bonne…

Je m'indigne :

— Et c'est pour ça qu'elle t'a maravé ?

D'habitude, je n'emploie jamais ce mot – il me tape sur les nerfs – mais Jordan, visiblement, ça lui fait plaisir que je cause comme lui. Ça crée des liens. Il ricane et me jette un coup d'œil complice. Avec son nez en chou-fleur et le sang coagulé sur son nez et ses lèvres, il a une tête monstrueuse. Ceux qu'on croise nous considèrent avec des expressions effarées. Jordan paraît très content d'attirer les regards et se redresse pour qu'on le voie mieux.

— J'y ai un peu foutu la main au cul. Putain le p'tit colis ! C'est ferme, nerveux, tu peux pas savoir !

Je serre les poings. J'ai envie de lui en foutre une moi aussi mais je me retiens de justesse. Déjà qu'Hamid va vouloir l'assaisonner...

— Nerveux, ça j'ai cru comprendre. En tout cas, elle a pas dû apprécier, vu sa réaction. Ou alors c'est que t'es pas son genre.

— C't'une pouff !

Evidemment... Ça clôt le débat. On est arrivés devant l'infirmerie. Tant mieux parce qu'il commence à me courir sévère. Je frappe, j'entre et j'explique vite fait les événements à l'infirmière. Elle se dirige vers la salle de soins et fait signe à Jordan de la suivre. En guise d'au revoir, je lui fous une grande claque virile sur l'épaule, histoire de vérifier qu'il tient bien debout. Il manque s'étaler sous le choc et contient difficilement un rictus douloureux. Je lève le pouce en signe d'encouragement et je pars aux nouvelles.

Quand je me pointe à la *Vie Scolaire*, Hamid est en grande discussion avec Jenny qui n'en finit pas de raconter la scène.

— Mieux qu'au cinéma, ta cousine. Tu le

connais, Jordan. Il lui a dit comme il fait à toutes les meufs : « T'es un canon, toi. T'as l'air bonne. C'est où tu veux, quand tu veux ! » Il s'est approché et lui a peloté le cul. Nous on rigolait. Pas Djamila. Comme elle répondait pas, on croyait qu'elle en avait rien à battre. Et puis elle s'est retournée et elle lui a balancé deux prunes dans le nez. Zaak ! Il a pas eu le temps de les voir venir ; il a décollé et il s'est ramassé par terre. T'aurais vu la tête de ta cousine... La haine, une vraie tueuse ! Et puis Vincent (elle me montre du doigt) et Fred sont arrivés...

Hamid l'interrompt et me demande :

— Tu lui en as pas mis une autre à cet enfoiré ? Nadine rabec ! On fait pas ça à ma cousine !

Il est blême. C'est marrant, parce que lui qui est parfois limite dans ses comportements avec les filles et qui ne se gêne pas pour les traiter de pétasses, est aussi outragé que si c'était lui qui l'avait prise, la main aux fesses. Je hausse les épaules.

— Laisse tomber. Elle l'a bien arrangé. Il est pas près d'y revenir.

La porte s'ouvre. Djamila sort. Hamid se précipite vers elle et lui parle en arabe. Elle lui répond tranquillement, comme si elle s'en foutait. Il sourit et me dit :

— Acquittée, votre honneur. C'est l'autre naze qui va se prendre une soufflée ! De toute façon, j'aurais fait le scandale du siècle s'ils lui avaient cherché des blèmes. Tu viens princesse ?

Il avance en faisant de grands gestes et en adressant la parole à ceux qu'il croise. On le suit avec Djamila. Tout en marchant, il se met à chanter et à danser en claquant des mains et en ondulant du bassin. Je la regarde. Une ombre de sourire éclôt sur ses lèvres. J'accélère le pas et je viens à leur hauteur.

— Et si on allait bouffer en ville ? Le rèf, je le sens pas.

J'ai dit ça d'une voix timide. J'ai envie de me retrouver avec Djamila, de lui parler, de lui dire n'importe quoi. Hamid me toise, l'œil narquois.

— Ah bezef ! Tu vas encore essayer de me faire avaler une de tes saloperies de halouf-beurre ?

Le con ! J'ouvre la bouche pour nier. Je n'en ai pas le temps.

— Je rentre à la maison, salut.

C'est Djamila qui vient de parler. Elle tourne brusquement les talons et part vers la sortie. Hamid me donne un coup de coude.

— Ça tient toujours ton invitation, même si je suis tout seul ?

— Ça tient.

Il n'a l'air de me croire qu'à moitié. On a le temps de faire dix mètres quand on entend une voix :

— Hamid ! Attends, s'il te plaît.

C'est M. Delouche, le CPE qui s'approche, l'œil sombre, les mains enfoncées dans les poches de sa veste.

— Hamid, je voudrais te parler de ta cousine…

J'observe mon copain. Il est froid, Hamid. Glacial. Et il ne va pas lâcher le morceau comme ça. Il ne le laisse pas terminer :

— C'est l'autre, Jordan, qui lui a manqué de respect, m'sieur. Elle a fait que répondre…

M. Delouche se gratte le crâne.

— Disons que la réponse a été vive et peu à proportion de l'attaque.

— Cet enfoiré lui a peloté le cul, c'est pas une attaque, ça ?

Il tend les doigts, comme pour toucher l'arrière-train rebondi de Delouche qui recule d'un pas et reprend, d'un air embarrassé :

— Ah ! Elle ne me l'a pas dit, elle ne m'a parlé que d'insultes.

Hamid s'énerve. Je pose ma main sur son bras mais il ne s'en rend pas compte.

— Elle a pas à vous dire des choses comme ça ! Jordan, il a eu ce qu'il mérite, il est pareil avec toutes les meufs.

— Oui. Enfin, vous avez de la chance qu'il n'ait pas le nez cassé et qu'il ait accepté de ne pas porter plainte…

— Porter plainte ! Ma parole, je rêve, alors que c'est lui qui…

Le CPE ébauche un geste d'apaisement.

— Ecoute Hamid, tu diras à ta cousine qu'on n'est plus dans sa banlieue. On a accepté de l'inscrire ici en catastrophe, en prenant quelques libertés avec les consignes rectorales, parce qu'on connaît bien ta mère et qu'on a de l'estime pour elle et ta famille. Mais sa situation scolaire n'est pas des plus claires : elle a abandonné ses études en plein milieu de l'année dernière, sans raisons, elle a séjourné à l'étranger, elle change de ville, d'établissement… Soit ! Je n'ai pas à me mêler de sa vie privée, d'autant que son dossier scolaire est excellent mais ce serait bien qu'elle se calme, maintenant. Dans ce lycée, il y a des règles à respecter. Par tous ! On peut trouver des solutions autres que les coups, non ? Si Djamila a un problème, elle vient me voir tout de suite et on le règle. Si Jordan recommence à l'agresser, ou un autre d'ailleurs, je prendrai les mesures qui s'imposent. Fermement. Tu peux me faire confiance.

Hamid arbore une expression butée. Il hoche la tête. M. Delouche nous salue et retourne dans son bureau. J'entends Hamid marmonner entre ses dents :

— Il aura pas besoin de se fatiguer. Si Jordan recommence à faire chier Djamila, c'est moi qui prendrai les mesures qui s'imposent… et plus que fermement, tu peux me croire. Rien à foutre des conséquences, un connard, c'est un connard ! Bon, on va bouffer et après on prend notre petit apéro, tu te souviens ? Et ce soir on répète. Elle est pas jolie, la vie ?

Il a le sourire jusqu'aux oreilles et les mêmes yeux que Djamila. Bon, toute ma journée est prise. Je sens que je vais encore bâcler le boulot que les profs nous ont donné. Je réponds :

— Si, elle est très jolie, la vie.

N'empêche, il y a des trucs que je ne m'explique pas… Pourquoi Djamila a arrêté sa term' l'an dernier, si c'est la grosse bosseuse dont m'a parlé Hamid ? Où elle a passé ces derniers mois ? Hamid m'a assuré qu'elle venait de Sergeny et Delouche raconte qu'elle se trouvait à l'étranger. Il y a une embrouille. Mais pote ou pas pote, Hamid ne lâchera rien…

***

Une fois de plus, Jérôme a pillé le bar de ses parents qui s'en foutent d'ailleurs, tellement ils sont blindés. Chaque fois qu'ils s'absentent, on fait la razzia sans que ça leur fasse ni chaud ni froid. Tant qu'on ne casse rien… Les bouteilles s'entassent sur la table du salon et on les attaque méthodiquement, en commençant par les plus vieilles. La conversation roule sur les attentats, l'islam, l'intégrisme. Hamid ne supporte pas les amalgames et argumente avec passion. La pente est glissante… on passe rapidement au groupe, aux morceaux qu'on doit reprendre, aux nanas. Comme toujours… Nos centres d'intérêt ne sont pas très variés. On a déjà pas mal torché quand Jérôme lance :

— Ça vous dit une séance de ciné-club ?

Il a levé son verre et attend notre réaction. Jipé et Nacer applaudissent, les autres rigolent. Hamid demande :

— Tu nous proposes quoi ? Parce que la culture, moi, ça me gave…

— Silicone premier choix, élevé en laboratoire. Il faut le voir pour le croire.

Il vide son verre, se lève, disparaît dans sa chambre et revient avec un DVD qu'il introduit dans le lecteur avant d'appuyer sur la touche play.

— Où tu l'as eu celui-là ? demande Charlie qui regarde, fasciné, le boîtier coloré que Jérôme agite sous nos yeux.

— Secret défense ! J'ai mes fournisseurs. Je peux juste te dire qu'Internet, c'est le pied. Il suffit d'avoir une carte de crédit !

Jérôme déplie son mètre quatre-vingt-quinze et frotte d'un air entendu son pouce et son index l'un contre l'autre. Charlie émet un petit sifflement d'admiration puis retourne à l'ouvrage qui pour l'heure, requiert toute son attention. Un horloger devant une mécanique de précision. Des gestes mesurés, attentifs, amoureux. Charlie dispose le tabac sur les feuilles de papier à cigarette qu'il a collées ensemble à angle droit, le saupoudre du shit qu'il a minutieusement prélevé sur sa barrette puis émietté, met adroitement en place l'étroit cylindre de carton qui servira d'embout afin de ne rien perdre de son précieux mélange et finit de rouler son joint avec cette dextérité que confère une longue habitude. Il affiche une expression béate et considère son œuvre. Sur ses lèvres, volette le sourire de l'artisan qui place au-dessus de tout le travail bien fait.

Pendant ce temps, télécommande à la main, Jérôme règle le son du téléviseur. C'est vrai qu'il a les moyens de se payer tout ce qui lui chante, mon pote. Et il est assez généreux pour en faire profiter ses copains. Autour de moi, une très agréable odeur de fric parfume l'atmosphère. Les meubles ne viennent pas de chez Confo : c'est rien que des vieux trucs de famille en vrai bois qui doivent valoir des fortunes. Chez lui, les fauteuils s'appellent des bergères et les canapés des causeuses. Il y a des tapis partout, des tableaux aux murs, des vitrines remplies de statuettes chinées aux quatre coins du monde, des lampes design. Le séjour à lui tout seul est aussi grand que l'appart de la mère d'Hamid. Lui, il est comme à la maison. Il prend ses aises, vautré sur un canapé, les pieds sur la table du salon, sirotant un vieux whisky en attendant que la séance commence.

Ça faisait longtemps qu'on y avait pas eu droit, à une petite projection privée. Les pornos, Jérôme, quand il avait treize ans, il les piratait avec le magnétoscope familial, chaque fois qu'il y en avait un qui passait sur Canal+… Il le programmait la nuit et allait récupérer la cassette le matin de bonne heure. Ni vu ni connu. Depuis qu'il a une carte Visa à son nom et autant de pognon qu'il veut – d'autant qu'il trempe dans tout un tas de petits trafics assez lucratifs qui lui rapportent pas mal –, il passe des commandes ou se fait acheter des trucs à Paris par des copains.

Au début, j'aimais bien ça, mater des vidéos X. Ça m'excitait et ça me faisait marrer. Et puis, deux ou trois fois, Jérôme a ramené une fille. Ça a dérapé. Evidemment, on n'attendait que ça… C'étaient pas le genre de nanas à avoir froid aux yeux. On y est tous passés, les uns après les autres. Elles étaient d'accord mais il y avait un truc qui me gênait dans le fond : cette baise mécanique, presque machinale, comme dans les films qu'on avait regardés juste avant. Quand ça a été mon tour, à chaque fois, j'ai failli me barrer. J'ai pas eu le courage de dire non. Pas devant les autres.

J'avais l'habitude de tout dire à So. Tout. Avec

la plus grande franchise, la plus grande impudeur. Un jour, je lui ai raconté nos « exploits ». Elle s'est foutue de moi, m'a traité de pauvre mec esclave de ses glandes. Pour finir, elle m'a demandé comment j'aurais réagi si c'était elle qui m'avait avoué être passée sous cinq ou six types shootés aux films de cul... Je m'étais senti minable et je n'avais rien trouvé à répondre.

Maintenant, les séances X, j'ai du mal, surtout depuis l'an dernier. Je n'ai plus envie de voir rappliquer une fille seule. J'en ai marre de ces films pour débiles où on voit des mecs et des nanas qui baisent comme ça. Comme si c'était aussi évident que de boire un coup. J'ai essayé d'en parler un jour aux copains. Ils m'ont regardé comme si je débloquais.

Charlie me passe le joint. J'aspire une grande bouffée et je sens la fumée parfumée emplir mes poumons à bloc. Je retiens ma respiration pour qu'elle agisse plus rapidement. C'est bon, ça me réchauffe, ça me calme. Je souffle enfin une longue bouffée heureuse. Tiens, le film a commencé et je ne m'en étais même pas rendu compte. Il est en anglais mais vu le niveau, ça n'a pas l'air de déranger mes petits camarades. Pas de préambule, dialogues réduits à leur plus simple expression. Toujours les mêmes images, les mêmes grimaces, les mêmes gémissements. La fille qui est sur l'écran est lisse, bronzée, idéalement proportionnée, presque irréelle à force de perfection. Elle est entourée de mecs bodybuildés particulièrement actifs. Son visage ressemble vaguement à celui de Djamila. Ça ne m'excite pas, ça me gêne. Quand je suis amoureux, ce n'est pas ce genre d'images dont j'ai envie. Les copains rigolent, commentent, disent des trucs plus dégueulasses les uns que les autres. Je sais que pour eux, la fille sur l'écran n'a pas de nom, pas de vie. A la limite, elle n'existe pas vraiment, c'est juste une salope qui se fait baiser. Une pression sur la télécommande et elle n'existe plus. Je fais semblant de m'amuser de leurs blagues salaces, confortablement calé contre mon coussin de cannabis. Hamid agite le poignet et me fait un clin d'œil. Je tire encore sur le joint et je le passe à Jérôme. C'est sûr que j'ai envie d'une meuf.

Sauf que Djamila, c'est pas une meuf, c'est un rêve.

CHAPITRE 3

Deux heures qu'on répète. Ce soir, je joue pépère, je ne prends pas de risques. Le minimum syndical, comme dit mon père. Je n'ai pas la tête à la musique, de toute façon. Pourtant, les autres ont la pêche et assurent à fond. Nacer est encore meilleur que d'habitude. Ses lignes de basse sont mélodieuses, précises, et soutiennent parfaitement les improvisations tarabiscotées qu'Hamid tricote sur son oud. Décidément, ils sont trop bons pour moi. Je n'attends même pas qu'on ait fini notre morceau, je pose ma gratte, j'éteins mon ampli et je descends de l'estrade. Charlie me jette un coup d'œil surpris. Il doit avoir la trouille que je revienne dans six mois. Je sors de la salle et je vais jusqu'à la cafète. La voix d'Hamid me parvient assourdie.

Que voy a hacer
Je ne sais pas
Que voy a hacer
Je ne sais plus

Que voy a hacer
Je suis perdu

Derrière le bar, Rémy, l'animateur, parade devant cinq nanas.

— Tu bois quoi, la vedette ?

— Comme d'hab.

Il me sert une bière. Je sirote mon verre en silence. Djamila me parasite la tête, elle a métastasé dans chacune des cellules de mon cerveau, y causant des lésions irrémédiables. Amoureux en phase finale, le Vincent. Bouffé de l'intérieur mieux que par un crabe bien vorace. D'habitude, quand on joue, je ne pense à rien d'autre. Ce soir, je n'étais pas là, je n'avais rien dans les doigts. Pas d'inspiration, pas d'envolées, pas d'envies… Solos attendus, riffs pantouflards. La panne sèche.

On vient de tapoter mon épaule. Je regarde sur ma droite. Une petite blonde accoudée au comptoir m'observe avec attention. Elle se penche vers moi. Ses yeux sont vert d'eau, sa bouche est minuscule et délicatement dessinée.

— T'es pas le guitariste de *Raï'n roll*, par hasard ? Je vous ai vus jouer à la fête de la musique. C'était super. On a dansé tout le temps que vous avez joué.

Elle est craquante et me regarde comme si j'étais un bonbon à la menthe. Ses copines attendent ma réponse. Je me sens flatté mais je ne sais pas quoi dire. Au moment où je vais ouvrir la bouche pour confirmer, j'entends un rire derrière moi et une voix qui gueule :

— Faites gaffe les filles, il est chaud ce soir : il a maté des films de cul tout l'après-midi !

Je rougis comme un gamin coupable. Fallait qu'il arrive celui-là ! Hamid s'installe, parfaitement à l'aise.

— Salut. Lui c'est Vincent, moi c'est Hamid, le leader en chef du groupe. Je suis chargé de vérifier ses fréquentations, ordre de ses géniteurs. Il est si naïf le pauvre… Une jolie fille arrive et crac ! elle lui fait faire n'importe quoi…

Gestes et grimaces à l'appui : rodé depuis des années, son numéro. Rémy et les nanas sont écroulés de rire. Je fais ostensiblement la gueule. Hamid m'attrape par l'épaule et me serre contre lui.

— Allez Vince, fais pas ta chochotte ! Je te présente aux dames…

Il se tourne vers la fille blonde qui m'a parlé.

— Il s'appelle Vincent, ce beau gars. C'est un timide, notre guitariste. C'est pour ça qu'il joue bien. Depuis qu'il est tout petit, il préfère passer des heures sur sa gratte à bosser ses gammes plutôt que de communiquer avec ses frères humains.

La fille complète, très enjouée :

— Et regarder des films porno…

— Ah ça, mademoiselle, c'est plutôt rassurant. C'est la preuve qu'il éprouve des sentiments, parce que parfois, je me demande s'il a un cœur…

C'est reparti pour se foutre de ma gueule ! Je ne décroche plus un mot pendant qu'il leur propose d'assister à notre prochain concert. Bientôt, son attention se porte sur une jolie fille rousse qu'il entreprend aussitôt. Deux minutes plus tard, ils s'isolent à une table en emportant leurs verres. La blonde revient à la charge.

— Moi, c'est Valérie. Il est toujours comme ça avec toi, Hamid ?

— Ouais, c'est mon bon génie. Quand par malheur on ne me prend pas pour un con, il fait tout pour rectifier le jugement des gens…

— Un vrai pote, quoi ?

— Mieux que ça, un ami.

Elle éclate de rire. Bon, je reprends l'avantage. Elle a l'air sympa, cette fille. Reposante. Enfin, à moitié seulement… Elle est assise sur un tabouret haut et mes yeux viennent de se poser sur deux genoux ronds, lisses et bronzés. Mon pouls s'accélère. C'est vrai que cet après-midi, en dépit de mes réticences de faux cul, je l'ai regardé jusqu'au bout, le film, et j'ai des images bien précises qui viennent s'agiter à intervalles réguliers devant mes pupilles. Quand j'examine d'un peu trop près cette Valérie, j'ai des bouffées de chaleur…

Ça n'a pas l'air de la gêner. Elle me parle comme si on se connaissait depuis toujours, me raconte qu'elle est en term' ES à Victor-Hugo, le seul bahut du centre-ville, me confie qu'elle fait un peu de guitare elle aussi, me demande si je donne des cours particuliers. Je réponds des trucs sans intérêt. Ça m'énerve de penser que depuis deux mois, c'était le calme plat, le désert total et voilà qu'en 24 heures, je tombe sur deux nanas super. Enfin deux… Je ne sais pas si Djamila a remarqué mon existence. Elle a bien dû voir un truc insignifiant, tout pâle, presque invisible, s'agiter à côté d'Hamid, mais guère davantage.

— Il va falloir que j'y aille.

— Hein ?

— Je te disais qu'il va falloir que j'y aille !

J'atterris. Valérie est en train d'enfiler son blouson.

— Déjà ? Si tu veux, je te raccompagne.

— Ça marche.

Valérie fait la bise à ses copines, je demande à Rémy s'il peut se charger de garder ma guitare… sourire entendu et complice… et on sort. Je me retourne vers la cafète. Hamid et la rousse ont disparu. A mon avis, il est en train de lui faire le coup du prince d'Arabie. Hamid, l'homme qui emballe plus vite que son ombre.

La nuit est fraîche et les ruelles que nous empruntons presque désertes. Valérie habite en plein centre. Je vais me payer une bonne demi-heure de marche pour rentrer à la maison, tout à l'heure. Bof, il n'est que dix heures. Je peux me le permettre. Je dormirai en cours, demain.

Plus on avance et plus notre conversation se fait rare. Quand on arrive devant chez elle, place de la Liberté, on ne dit plus un mot. J'observe l'immense porte cochère en bois massif. Derrière, il doit y avoir un jardin et une non moins superbe baraque. Quand je pense au pavillon de mes parents… On n'est pas du même monde, Valérie et moi, pas du même clan.

Elle s'appuie à la porte, les mains dans le dos, ses yeux rivés aux miens, le visage grave, comme si elle attendait que je prenne une initiative. Allez, Vincent, courage ! Je fais un pas en avant et je pose mes lèvres sur les siennes. Elle les entrouvre immédiatement et je sens sa langue venir frétiller contre la mienne. Ça a été si facile, si évident. Je la serre contre moi, elle passe ses mains sur mon visage. Au feu ! Si elle me laisse faire, je ne réponds plus de rien. Valérie me repousse.

— C'est vrai ce qu'a dit ton copain, quand il est arrivé tout à l'heure ?

Je retiens un mouvement de mauvaise humeur. Merci Hamid… Il faut qu'il me gâche l'existence jusqu'à la fin, celui-là ! Je souffle :

— Pour le film ?

— Non, que t'es chaud ce soir ?

Ses yeux sont emplis de malice. Je n'ai pas le temps de répondre. Valérie empoigne les revers de mon blouson et m'attire de nouveau contre elle.

— Ma piaule est indépendante de la maison de mes parents. Je t'invite ?

J'acquiesce, je tremble un peu. Elle sort une clé démesurée de sa poche, pousse le battant et m'entraîne à sa suite.

***

Ce matin, Hamid ricane en voyant ma tête. Il est accompagné de Djamila et je n'ai pas la moindre envie qu'il se permette des remarques vaseuses au sujet de Valérie.

— T'es fatigué, ma poule ?

— Ouais, j'ai mal dormi.

— La pleine lune, sûrement. Moi aussi, je suis vidé…

Le roi de l'allusion subtile, mon pote. Djamila est égale à elle-même : hautaine, lointaine et silencieuse. C'est simple, cette fille, elle est pas là, elle fait semblant.

Tandis qu'elle monte les escaliers, entraînée par le flot bruyant des élèves, deux mètres devant nous, Hamid me glisse :

— La rousse d'hier, putain l'affaire que c'est !

Faut pas qu'elle fasse du cinéma X, celle-là, elle ferait cramer la pellicule.

Il observe ma réaction, l'air gourmand. Je reste impénétrable.

— Et avec la blonde, t'as fait quoi ? Vu tes valoches sous les yeux, ça a dû donner !

— Rien…

— Quoi, rien ? La bille que t'es ! Elle te bouffait des yeux, cette meuf ! T'avais rien d'autre à faire que la suivre. Putain, il va falloir que je te prenne en main un de ces quatre !

Il secoue la tête d'un air accablé. On rejoint le rang approximatif qui s'étire devant la salle de philo. J'ai pas envie de lui raconter. C'était bien avec Valérie, mieux que bien, même. Et c'est ça qui me fout en l'air. Je ne peux pas m'empêcher de garder les yeux posés sur les cheveux, le dos, la taille, les fesses, les jambes de Djamila. Cette nuit, en faisant l'amour avec Valérie, c'est aussi à elle que je pensais.

***

A la fin des cours, Hamid file, plus rapide que le cheval ailé du prophète. J'ai le temps de dire :

— La rousse ?

Il se contente de me répondre : « Elle s'appelle Lisa » et disparaît, avalé par l'escalier. Djamila est encore dans la salle de cours. Tout le monde est sorti, même le prof mais Djamila est restée à griffonner dans son coin. Je l'ai vue faire plusieurs fois cette semaine : elle conserve un carnet glissé dans la poche de son blouson. Un carnet de gamine, avec des fleurs sur la couverture. De temps en temps, pendant les interclasses par exemple, si on ne change pas de salle, elle le sort et lit ce qui y est écrit. Parfois, son stylo s'affole et elle y jette des phrases à toute vitesse. Je me demande ce qu'elle peut bien y raconter, si c'est personnel ou si ça concerne les gens qui gravitent autour d'elle, les cours. Je me planque dans un coin de la cour et j'attends qu'elle descende. La voilà ! Elle se dirige vers la sortie, franchit la grille et marche en direction de la tour où se trouve l'appart de la mère d'Hamid. Je me lance à sa suite. D'abord, je me contente de cheminer derrière elle, aussi ému que si je me rendais à un de mes premiers rendez-vous amoureux, les yeux fixés sur ses hanches qui rythment sa marche d'un mouvement balancier absolument excitant. Plus on approche de chez elle, plus je sens la tension monter. Il faut que je me décide, dans deux cents mètres, elle sera à la porte de son immeuble et ce sera râpé. J'accélère le pas, je la rattrape, je crie :

— Djamila !

Elle sursaute et se retourne d'un bloc, blême. Quand elle me voit, elle reprend son calme. Pourquoi est-ce que je lui ai foutu une trouille pareille ? J'arrive à sa hauteur.

— Salut, je suis Vincent, le meilleur ami de ton cousin.

— Je sais.

Bon, plutôt ratée mon entrée en matière. Djamila attend, sans dire un mot.

— Je peux marcher avec toi, jusque chez ta tante ?

— Si tu veux.

Elle repart. J'avance, si près d'elle, qu'il suffirait d'un mouvement infime pour que nos épaules se frôlent. Je n'ose tourner la tête dans sa direction. Je n'aperçois qu'une silhouette trouble dans le coin de mon œil gauche.

— Tu ne connais encore personne ici ?

— Non.

— Tu étais déjà venue dans le coin ?

— Non.

— Tu te plais au lycée ?

— Oui.

Me voilà bien ! Si elle se contente de répondre par oui et non à chacune de mes questions, je vais vite arriver au bout de mon stock. Je ne suis hélas pas doué du bagout d'Hamid.

— Djamila, j'avais envie de te connaître…

Elle s'arrête net et me regarde.

— Pourquoi *avais* ?

— Je veux dire, j'ai envie de te connaître.
— Ah ?...
— ...
— Et pourquoi tu *as* envie de me connaître ?

Son sourire crispé, sa manière d'insister sur les temps me désarçonnent mais je suis si content qu'elle me réponde plus de deux mots que je reprends de l'assurance :

— Je sais pas. Tu es la cousine de mon meilleur ami. Tu es imprévisible. Hier, tu as cassé la tête à Jordan et...

— C'est ça qui t'excite ?

Je me sens très mal à l'aise. Je bredouille :

— Non, pas du tout. Et puis je voulais te dire que je te trouve très belle.

Elle me regarde de nouveau. J'ai l'impression qu'elle vient de se changer en statue de glace.

— Et c'est une raison suffisante pour s'intéresser à moi ? Je serais un thon, tu ne m'aurais pas parlé ? Selon toi, donc, il suffit d'être jolie pour être intéressante ?

Dans quel guêpier est-ce que je viens de me fourrer ? Il faut que je surveille chacune de mes paroles. J'essaie de rattraper les choses comme je peux.

— Mais non ! C'est que toi, tu ne ressembles pas aux autres filles. Tu as l'air... je sais pas, de dissimuler qui tu es réellement, voilà !

Son visage se ferme.

— Tu lis trop de BD, mon petit Vincent. Tu attends quoi de moi ?

Elle est pire qu'Hamid. J'ai l'impression qu'elle est comme un chat qui joue avec une souris. Et ce n'est pas du tout agréable d'être la souris. Je réponds, affligé par ma propre banalité :

— J'aimerais bien te connaître mieux.

— Oui. Et puis après, tu aimeras me connaître encore mieux, je suppose ? Et après, encore mieux-mieux, non ? T'es plutôt romantique ou plutôt sexe, comme mec ? Parce que moi, la guimauve comme les obsédés, ça me fait chier. Il te reste plus trop de choix.

Je bafouille :

— Pourquoi tu m'agresses ?

Elle me foudroie et remonte d'un coup la bretelle de son sac sur son épaule.

— C'est *toi* qui m'agresses, avec tes sourires de faux derche. T'as surtout envie de me sauter, alors ne viens pas me raconter de salades. Casse-toi !

Elle se retourne et s'en va. Je reste comme un con au milieu du trottoir. Je n'ai jamais rencontré quelqu'un d'aussi dur, d'aussi violent. Bon, pour elle, les mecs, c'est l'ennemi à abattre. Elle a certainement des comptes à régler avec quelqu'un mais c'est moi qui viens d'en prendre plein la tête. Je me sens péteux. Ça, pour une tôle, c'est une tôle ! J'aimerais savoir pourquoi elle m'a cassé comme ça. Jordan, encore, je comprends, il lui a mis la main au cul. Mais moi ? Je me demande comment elle était avec les mecs dans sa cité mais si j'interroge Hamid, je vais me faire jeter une deuxième fois. Ça suffit pour aujourd'hui. Coup de bol, la rue est vide. Personne n'a été témoin de mon humiliation.

Je repars en direction du lycée, sans réussir à me sortir Djamila de la tête. Bon, il est 17 h 20 et j'ai rendez-vous à 18 h, place d'Armes, avec Valérie.

Elle est jolie, intelligente, douce. J'ai passé une nuit géniale avec elle. Alors pourquoi est-ce que je ne suis pas plus heureux que ça à l'idée de la retrouver ?

CHAPITRE 4

Djamila n'était pas en cours ce matin. Si c'est notre discussion d'hier qui l'a rendue malade, c'est qu'elle est plus atteinte que je pensais. J'ai demandé à Hamid ce qu'elle avait, il s'est contenté d'un laconique :

— La crève.

Je n'ai pas insisté. Vu le caractère de sa cousine, il y a peu de chances qu'elle lui ait raconté mon coup d'éclat d'hier. Il est bizarre, Hamid. Lui qui est si causant, il devient quasi muet quand j'aborde le sujet Djamila, comme si elle était taboue, comme s'il voulait la protéger. La protéger de qui, de quoi ? Pas de moi, quand même ? Comme danger, il y a pire, surtout pour les meufs. Et quand je pense à sa façon à lui de les entortiller... Bon, j'ai peut-être trouvé le moyen d'avoir la réponse à mes questions. On verra ça samedi.

Ce matin, je prends mes notes mécaniquement, à moitié affalé sur ma table. La voix des profs me berce, ma main court sur la feuille sans que je comprenne un mot de ce que j'écris. De toute façon, j'ai déjà mes cours de l'an dernier au cas où je loupe un truc important.

J'ai adoré mon rendez-vous avec Valérie, hier soir, même si c'était rock'n roll de temps en temps. Quand je suis arrivé sur la place, elle était déjà là à m'attendre. Elle a passé ses bras autour de mon cou et m'a murmuré à l'oreille :

— J'ai pensé à toi toute la journée.

J'ai ébouriffé ses cheveux et je l'ai embrassée. On s'est installés en terrasse. Sa main est restée dans la mienne. Pour un peu, j'en aurais oublié Djamila. Autant avouer que c'est la première fois que je sors avec une fille comme Valérie. Au lieu de me débiter des niaiseries et de me regarder avec des yeux de merlan frit comme la plupart des copines que j'ai pu avoir, elle m'a parlé pendant une bonne heure de ses passions : la politique, l'économie, la lutte contre la mondialisation, les mouvements de contestation lycéens. Des trucs qui me dépassent, il faut bien le dire. Je me contentais de hocher la tête, à moitié convaincu par ce qu'elle me racontait, suivant des yeux le passage incessant des piétons. J'avais l'impression de me retrouver à table avec mes parents, quand ils commencent à débiner la société de consommation et le libéralisme après une annonce de licenciements massifs dans une boîte ou de profits records en bourse. Elle a fini par me dire, un peu agacée par mon silence :

— Bien, sûr, toi, tu t'en fous des injustices. C'est parce que les riches deviennent de plus en plus riches et les pauvres de plus en plus pauvres que ça a pété, le 11 septembre !

— L'argument me semble un peu court, j'ai répondu. La misère ne justifie pas qu'on aille massacrer ceux qui possèdent quelque chose. A supposer bien sûr que tous les pauvres types qui sont morts dans l'attentat aient été d'immondes capitalistes, uniquement préoccupés par l'idée d'exploiter le tiers-monde. Ben Laden, ce serait pas un milliardaire saoudien, des fois ? Sa famille s'est enrichie dans le béton ! Ils ne savent pas quoi faire de leur fric… En tout cas, lui s'en est pas servi pour aider les pauvres !

Valérie a rougi. Sans lui laisser le temps de répondre, j'ai renchéri :

— Et toi, t'es pas une gosse de riche, peut-être ? Ta famille, elle a pas l'air de crever la dalle… (J'ai pointé le collier qu'elle avait autour du cou.) Ça vaut combien ta babiole, là ? De quoi faire bouffer une famille africaine pendant un an, peut-être davantage…

J'avais tapé dans le mille, exactement où ça fait mal. Bon, c'était facile, mais j'avais pas pu m'en empêcher. Cette conversation, c'était pas la première fois que je l'avais avec des enfants de bourges, quasiment dans les mêmes termes. Valérie était écarlate. Elle a posé la main sur son bijou.

— C'est un souvenir de ma grand-mère. Et avec des arguments comme ça, on ne peut pas avancer. Ce n'est pas parce que mes parents ont du pognon que je dois accepter le monde tel qu'il est ! Tu te fous de savoir ce qu'il va devenir ?

Je me suis marré. C'est vrai que je n'ai pas trop de conscience politique, comme dit mon père. Je redouble ma term', je passe mon temps libre avec mes copains à dire des conneries et à faire de la musique et je ne me suis engagé dans aucune association, aucun parti, aucun groupuscule, aucune église. Quand je vois à quoi ça a servi à mes parents, leur militantisme... On habite un pavillon merdique, ils gagnent des clopinettes et ils passent leur temps à gueuler contre tout. Sûr que l'ambiance doit être plus feutrée chez Valérie. Ses vieux à elle, ils n'ont pas dû être étouffés par les doutes et le combat social quand ils avaient vingt ans. Ou peut-être que si, justement. Ils étaient sur les barricades, ils faisaient la révolution, histoire de se constituer un stock de souvenirs pour plus tard. Ensuite, ils ont terminé leurs études bien sagement et ils se sont contentés de gérer l'héritage familial, comme de gentils petits écureuils qu'ils étaient dans le fond.

J'ai fini ma bière, elle, son Perrier tranche. On ne disait plus un mot. Il faisait chaud, des odeurs de frites flottaient dans l'air en provenance du fast-food, de l'autre côté de la place. Je me trouvais très con de m'amuser à la coincer comme ça. C'est facile de débusquer les paradoxes chez les autres. Facile et un peu stérile. Ça me servait surtout d'alibi pour justifier mon indifférence à l'égard de ce qui m'entoure. Valérie a au moins un idéal. Moi… depuis un an, je remâche mon malheur sans parvenir à avancer d'un pas. Elle a fait un signe au garçon pour qu'il nous remette ça et a dit, pour détendre l'atmosphère :

— C'est moi qui offre, cette fois.

Je n'ai pas osé lui dire que j'aurais eu du mal à payer la deuxième conso. J'avais juste de quoi assurer pour la première. Jérôme et Hamid m'ont proposé une ou deux fois de dealer, histoire d'arrondir mes fins de mois facilement. J'ai refusé. Pas au nom de la morale ou de la loi. Au nom de la trouille, simplement. La trouille de me faire choper par les keufs. Fumer, ça va. Dealer, c'est autre chose… Et puis j'aime pas l'idée de devoir vendre. Les mouvements économiques, grands ou petits, me dépassent. Finalement, je n'ai pas le sens des affaires, moi non plus. Ils ont au moins réussi ça, mes parents, avec leur foutue intransigeance : faire de moi un type qui sera incapable de gagner du fric, honnêtement ou malhonnêtement. Valérie, elle, quand elle aura digéré ses indignations, elle sera mûre pour faire de brillantes études, avoir une jolie vie, remplie d'enfants bien élevés, avec un beau mari cadre sup ou profession libérale, sportif et équilibré, une grande maison et un grand coffre à bijoux, pour y ranger les nombreux souvenirs de sa grand-mère.

Elle a repris :

— J'étais à Gênes, il y a trois mois. Tu sais, pour le sommet du G 8.

Je l'ai observée, estomaqué. Quoi, cette petite blonde toute fragile était allée dans ce champ de bataille pourri, avec les flics italiens qui tabassaient comme des malades ! Et ses parents l'avaient laissée faire ? J'ai joué la provoc :

— T'as pris des gnons ?

Elle s'est passé la main sur les yeux, comme pour effacer quelque chose dont elle ne voulait pas se souvenir.

— Je me suis fait ramasser avec un copain et une copine de mon bahut, Amélie et Laurent. En pleine nuit. On était sous le préau d'une école que la municipalité de Gênes avait prêtée aux organisateurs du Forum social. C'était génial, on avait appris des techniques de manifestation non-violente, on faisait des défilés festifs, sans provoc, pour dire non au tout fric.

Elle s'est interrompue. Je reconnaissais le vocabulaire appris, les termes obligés du discours contestataire – mes parents utilisent le même – mais je me suis gardé de faire le moindre commentaire et je l'ai laissée continuer.

— Ce soir-là, j'étais dans mon sac de couchage, crevée. J'avais trois jours de marche dans les pattes. Amélie et Laurent dormaient déjà. Les flics ont débarqué et se sont mis à nous virer, à balancer nos sacs par terre, à nous cogner. Ça hurlait dans tous les coins. On s'est roulés en boule, terrifiés, on n'osait plus bouger. Ils nous ont relevés sans ménagement et nous ont traînés jusqu'à une camionnette de police. On s'est retrouvés dans une caserne avec des flics enragés qui nous ont baffés. Laurent a essayé de se défendre. Ils l'ont tabassé devant nous et quand il a arrêté de bouger, ils l'ont emmené en le traînant comme un sac.

— Et vous ?

Je me sentais plus si fier tout à coup. Le garçon nous a apporté notre commande. Elle a versé la moitié de la bouteille dans son verre et l'a descendu d'un trait. Ses traits se sont assombris, sa voix s'est faite lointaine.

— Nous, on a eu la trouille de notre vie. On avait vraiment l'impression que tout pouvait arriver, que ça pouvait déraper n'importe quand. Il y avait déjà eu un mort, tu sais, Carlo Giuliani. On nous a séparées, Amélie et moi. Je me suis retrouvée dans une cellule avec d'autres filles : allemandes, américaines, anglaises, italiennes... Certaines étaient couvertes de bleus, partout, sur les bras, les jambes, le visage. D'autres saignaient. Elles avaient ramassé des coups de matraque, des coups de poing, de pied. Il n'y avait pas de toubib, personne pour nous soigner. Je me suis mise à pleurer. Les flics se marraient, nous insultaient, nous traitaient de putes. Ils jouissaient. Ils jouissaient, je te jure, de voir notre peur, nos larmes. De temps en temps, ils venaient chercher l'une de nous et ils l'emmenaient, sans que l'on sache où. J'ai cru que j'allais péter les plombs. A un moment, ça a été mon tour. J'étais persuadée qu'ils allaient me battre, me violer. Tu ne peux pas imaginer ce que c'est que d'être une femme dans ces moments-là. J'étais comme un paquet de linge sale dans leurs mains, incapable de réagir, de me révolter. Ils m'ont conduite à la porte du commissariat. Il y en a un qui m'a foutu une claque énorme, en gardant son gant pour ne pas laisser de traces. Ils ont éclaté de rire et ils m'ont relâchée. Je n'y croyais pas, j'étais comme une abrutie sur le trottoir. Je suis retournée à l'école où on était hébergés. J'ai retrouvé Amélie dans le même état que moi. Laurent était rentré lui aussi, beaucoup plus amoché. On a averti nos parents et on a été rapatriés en avion, complètement choqués. On a porté plainte pour coups et blessures mais je ne me fais pas d'illusions sur les suites que ça aura.

Je me suis tu. Moi, cet été, j'étais peinard. J'ai bossé dans une pizzeria pour me faire de la thune et après je suis parti camper avec Hamid à Royan.

— Tu me prends pour un irresponsable ?

— Non.

— Pour un égoïste ?

— Pas plus que moi. Peut-être qu'on ne se pose pas les mêmes questions, c'est tout.

Elle m'a souri avant d'ajouter :

— Tu sais, je me sens bien avec toi.

J'ai eu envie de lui répondre « moi aussi » mais deux yeux noirs m'ont retenu de le faire. Je me suis contenté de serrer sa main très fort.

— Salut les amoureux !

Hamid, tombé du ciel, a tiré un siège à lui et s'est assis à notre table.

— Rassurez-vous, je reste pas longtemps, Lisa est partie acheter des clopes. (Il a tendu un index vengeur dans ma direction.) Toi, tu m'as raconté des bourres, ce matin !

J'ai levé les yeux au ciel. Valérie a commencé à rire.

— Figurez-vous, mademoiselle, que monsieur, ici présent, m'a soutenu qu'il n'y avait rien entre vous. Et voilà que je vous retrouve ici, main dans la main... Comprenez ma stupeur et ma tristesse de savoir que mon ami ne me confie pas tout.

— Eh bien, la voilà, la preuve qu'il éprouve des sentiments !

Je me suis contracté un peu. Hamid semblait réfléchir à ce que Valérie venait de lui répondre.

— Admettons ! Bien qu'avec lui, on ne sache jamais. Vous parliez de qui ? De moi ?

Valérie a commencé à lui résumer notre discussion et moi, je me suis mis en veilleuse, repris par mon idée fixe : connaître les raisons du comportement de Djamila. Ce n'est vraiment pas mon genre d'aller fouiner dans la vie des gens. Alors pourquoi est-ce que je fais une fixation sur elle ? Parce que c'est la plus belle fille que j'aie jamais vue ? Parce que je n'ai aucune prise sur elle ? Parce qu'elle m'a jeté ? Parce que je retrouve dans ses yeux la même tristesse que dans ceux de So ? Un mélange de tout ça sans doute.

Pour savoir ce qu'elle cache, il aurait fallu le demander à quelqu'un qui la fréquentait. Mais les seuls capables de me répondre habitaient cité des Rois, à Sergeny, et je n'y connaissais personne.

J'ai failli renverser ma bière. Bien sûr que si, j'y connaissais quelqu'un ! Hamid y montait pour les vacances, dans la cité de sa jeunesse. A Pâques, il avait ramené avec lui un copain qui était resté quelques jours à Poitiers, un bassiste avec qui j'avais sympathisé. C'était l'époque où je me remettais à la guitare. On avait joué ensemble des blues d'enfer. Mourad, je sais plus quoi…

J'ai profité du fait que Valérie avait terminé son topo pour demander innocemment :

— Dis, c'est quand la prochaine répète ?

— Vendredi soir, même endroit, même heure. Tu viendras, Valérie ? On a besoin d'être soutenus. Enfin, lui surtout, parce qu'il n'était pas dans son assiette, la dernière fois.

— D'accord, si ça fait plaisir à Vincent.

J'ai embrassé sa main.

— Bien sûr que ça me fait plaisir. A propos, Hamid, ton pote, il va redescendre, un de ces jours ?

— Quel pote ?

— Le bassiste de Sergeny… Mourad quelque chose.

— Benchedid ?

Et voilà le travail ! J'ai eu envie d'applaudir : je m'étais conduit comme un chef. Embrouillé Hamid, en beauté !

— C'est ça. Un sacré musicos…

— C'est marrant que tu me parles de lui, je l'ai vu il y a même pas une semaine.

— Ici ?

Il a haussé les épaules, mal à l'aise.

— Non, à Sergeny.

Mes yeux se sont perdus sur la façade du théâtre municipal. J'ai fait semblant de m'absorber dans la contemplation des affiches de films placardées au-dessus des portes vitrées. Tiens, tiens, je croyais que sa mère était montée seule en banlieue, pour chercher Djamila, la semaine dernière ? Je me suis souvenu qu'Hamid était absent vendredi dernier et que samedi, il était « crevé » et qu'on ne s'était pas vus.

Lisa la rousse est arrivée et s'est jointe à nous. On a eu à peine le temps de parler de tout et de rien et ils nous ont abandonnés pour une destination mystérieuse, plus enlacés qu'une liane et son baobab préféré. Je suis resté encore un moment avec Valérie et puis je l'ai raccompagnée chez elle. Je ne suis pas resté cette fois, elle avait du boulot.

Une fois rentré à la maison, j'ai fait une recherche sur le Minitel. Il y avait trois familles Benchedid, cité des Rois... J'ai appelé la première et j'ai demandé Mourad. On m'a répondu que je m'étais trompé, j'ai recommencé avec la seconde. Je suis tombé sur une femme qui m'a dit qu'il n'était pas encore rentré. J'ai remercié et j'ai raccroché. J'avais le numéro, l'adresse. Pourtant, je ne voulais pas lui parler au téléphone, pas plus que lui écrire.

C'était absurde, plus fort que moi mais il fallait que j'y aille. Il fallait que j'aille faire un tour dans la cité de Djamila pour avoir une discussion avec Mourad. Face à face. J'ai décidé de ponctionner sur mon compte épargne mille balles.

Adieu la gratte pour laquelle j'économise comme une fourmi miteuse depuis des années. Djamila m'obsède. J'ai besoin de savoir ce qu'elle cache. Je la connais à peine et pourtant, je ne supporte pas sa tristesse, cette tristesse que je lisais chaque jour dans les yeux de ma So et contre laquelle je ne pouvais rien.

Si je découvre ce qui la mine, peut-être que je pourrai l'aider.

Malgré elle.

CHAPITRE 5

Le TGV me lâche à Montparnasse à 9 h 30. Je suis un peu paumé : Paris, je n'y suis venu que deux fois, à l'occasion de voyages scolaires. Grâce à Ben Laden, ici, c'est jour de fête ! Des militaires, fusil-mitrailleur à l'épaule, patrouillent par deux, sourcils froncés. Plus loin des flics aux aguets contrôlent les papiers de trois beurs. Les types rigolent, adressent de grands gestes de la main aux passants et disent tout haut qu'ils ne font pas partie d'Al-Qaida. Les flics font la gueule. Il ne fait pas bon être bronzé en ce moment.

J'ai vite fait de repérer un guichet de renseignements où une petite nana sympa m'indique comment gagner la station RER. Je dois me taper un dédale de couloirs, un immense tapis roulant grouillant de monde, prendre le métro jusqu'aux Halles avant d'y arriver. Par chance, les guichets ne sont pas trop encombrés. J'achète un aller-retour pour Sergeny et je gagne le quai. Je n'attends pas longtemps : la rame arrive et s'immobilise dans un long chuintement. Je monte et je m'installe. De l'autre côté de l'allée, il y a un mec à la gueule ravagée qui triture un sac en plastique. En face de moi, une très jolie black en robe courte qui lit un bouquin. J'ai du mal à ne pas mater ses jambes. Comme je m'aperçois que le mec à côté d'elle ne se gêne pas pour le faire, c'est sur lui que je me concentre, c'est tout aussi intéressant : l'arroseur arrosé. Je cherche sur son visage ce qu'il pourrait y avoir sur le mien. Il s'est calé en arrière, les yeux sur la peau lisse, couleur chocolat, et largement aussi appétissante. Il doit avoir sacrément faim, parce qu'il n'arrête pas de se passer la langue sur les lèvres, comme s'il avait envie de la bouffer toute crue.

Dehors, le paysage défile sans se presser. Gris, sale, désespérant. Immeubles, pavillons sans cachet, bâtis à l'identique, jardins potagers, lacis de routes semées de hangars, usines en ruines, entrepôts, enseignes de magasins hautes comme des phares, dominant cet océan de tristesse… La laideur pour seule unité. Quand je pense au prof de français qui nous entretient doctement de la poésie des décors urbains et qui nous cite Apollinaire, Cendrars et Paul Auster… Il faudrait qu'il vienne faire un tour par ici. A mon avis les gens ne doivent pas y avoir les mêmes références. Mon mateur a l'air de s'en foutre pas mal, du paysage. Je comprends pourquoi il préfère se noyer dans le grain crémeux des jambes de la fille. C'est là qu'elle s'est réfugiée, la beauté…

sur des peaux estampillées : *Pas touche, c'est pas pour toi ! Dégage et salut.*

Fin du quart d'heure philosophique, motivé à mon avis par des souvenirs récents et cuisants. Merci Djamila…

A ma montre il est dix heures. Dans une demi-heure, je serai arrivé cité des Rois et j'appellerai Mourad. S'il n'a pas changé, il a joué toute la nuit et il s'est couché à l'aube ; je vais le cueillir au saut du lit.

Je ne sais pas comment je vais me faire recevoir. D'accord, on se connaît, mais on n'est pas suffisamment intimes pour que je puisse lui demander de me raconter la vie de Djamila. Est-ce qu'il ne va pas se contenter de me jeter aussi sec, d'ailleurs ? Tout d'un coup, je me sens beaucoup moins sûr de moi. C'est vrai que je me suis emballé un peu rapidement. Je me conduis comme un minable flicaillon, à fouiller dans des placards qui ne m'appartiennent pas.

La jolie black a changé de position. Sa jupette remonte un peu et laisse apercevoir une longue cuisse moulée dans l'argile brune. Mon voisin ferme les yeux, les rouvre, scanne la jambe millimètre par millimètre pour bien se la mettre en mémoire et se la projeter sur écran géant, quand il va se retrouver tout seul chez lui, comme un con. Le malheureux en est tout congestionné et va finir par en avaler son sac en plastique. Pire que moi avec Djamila…

Il y a une semaine encore, j'ignorais son existence. Elle m'a éclaté dans la cervelle comme les feux d'artifice du 14 juillet. J'ai tenté ma chance, elle m'a envoyé dinguer sans espoir de rattraper le coup. Last but not least, je commence à me rendre compte que Valérie me plaît beaucoup plus que je ne l'aurais imaginé.

Alors ?

Alors, j'avais surtout envie que Djamila s'intéresse à moi, qu'elle me distingue entre tous. Allez Vincent, sois sincère… Sans doute qu'à travers elle, tu visais aussi une autre qui te manque à en crever.

Ratage intégral !

Tout à l'heure, j'appellerai Mourad et on verra bien comment ça tourne. Je referme ma main sur le portable de Jérôme. Un prêt sans intérêts. Hier, après la répète, j'ai profité du fait qu'il allait aux toilettes pour le suivre et le lui demander. Je n'ai pas même eu besoin de lui dire que je comptais sur sa discrétion. On finissait de se laver les mains. Il a sorti son téléphone de sa poche, me l'a tendu et m'a dit sur un ton entendu :

— Tu te lances dans le bizness ou c'est pour une histoire de gonzesse ?

Ce n'est pas qu'il manque d'imagination, Jérôme,

mais le fric et les nanas, c'est ses préoccupations majeures. J'ai répondu :

— Les deux.

Je ne sais pas s'il m'a cru mais il ne m'a pas interrogé davantage.

— Tu me le rends quand ?

— Demain seize heures, ça va ?

— Parfait.

J'ai fourré le cellulaire dans la poche de mon blouson et on est allés retrouver les autres. En chemin, il m'a demandé :

— C'est sérieux avec ta Valérie ?

— Je sais pas.

— Elle est mignonne. Si tu la largues, avertis tonton Jérôme. Je mets une option. Pour l'instant, je suis en main avec Julie mais la roue peut tourner...

Rien que d'imaginer Valérie entre ses battoirs, j'en ai eu des frissons d'angoisse. Jérôme, un mètre quatre-vingt-quinze, quatre-vingt-dix kilos de viande surentraînée, judoka catégorie lourds. Célébrité locale pour avoir foutu à lui tout seul une mémorable branlée à quatre connards qui avaient traité Hamid de sale Arabe, un soir de fête nationale : liberté, égalité, fraternité, tout ça... Signe particulier : une fidélité indéfectible et une générosité sans bornes. Un ami, quoi, un vrai. J'ai dit :

— Promis.

Le train s'immobilise. Je lis Sergeny sur un panneau. Une dizaine de personnes se lèvent. Je leur emboîte le pas après un dernier regard à la jolie black et à son admirateur muet. Je traverse un hall minuscule et me retrouve sur une avenue rectiligne, sans un arbre, bordée d'immeubles clonés à l'identique, comme si les urbanistes s'étaient contentés de faire un copier-coller, par paresse ou par indifférence pour ceux qui vivent ici. Et c'était ça que voyait tous les jours Djamila ; c'est ça qu'elle regrette...

Je demande à une dame la direction de la cité des Rois. Elle tend le doigt :

— Vous faites un kilomètre tout droit, vous verrez un grand carrefour avec un supermarché sur la gauche. C'est là. Impossible de se tromper.

Je la remercie et je me mets en route. Il fait beau. Les bagnoles roulent à toute allure sur l'avenue. Une vraie piste de course. Quand ça cartonne ici, on doit ramasser les victimes avec un aspirateur. Je marche vite et j'arrive rapidement au carrefour annoncé. A droite, au milieu de pelouses bien entretenues, se dressent à intervalles réguliers de petits immeubles de six étages repeints de frais. C'est moins pire que ce que j'avais imaginé. Dans ma tête, la cité où Hamid avait passé son enfance, c'était des barres d'immeubles interminables aux murs tagués avec des bandes de jeunes qui patrouillent, armés de battes de base-ball. Rien à voir avec les HLM pimpantes que je viens de découvrir. Une pancarte esquintée annonce fièrement : Cité des Rois. Une main facétieuse a ajouté « fainéants ».

J'avance vers l'immeuble le plus proche. Je lis, *Le Charles VII*. Ici, chaque immeuble porte un nom de roi. Vachement classe. Et instructif ! J'imagine la fierté du mec qui a trouvé l'idée, son enthousiasme, ses arguments : « La culture dans la rue, l'histoire au quotidien, tous les fils de prolos et d'immigrés premiers en classe ! » Grâce à lui...

Je sors le bout de papier sur lequel j'ai griffonné l'adresse et le numéro de téléphone de Mourad. Il habite le *Louis IX*. Comme il y a une quinzaine de bâtiments, je ne me vois pas les faire tous. A vrai dire, je n'ai pas envie de m'aventurer seul dans la cité. Hamid, qui y a passé son enfance et qui y retourne régulièrement, dans sa famille, me dit toujours : « Là-bas, c'est pas comme ici. A Sergeny, la cité, elle a un nez, des yeux et des oreilles. Dès que t'arrives, t'es reniflé, repéré, scanné, fiché. Tu peux pas faire un pas sans que les caïds le sachent. Les schmits, même en civil, ils passent pas inaperçus plus de deux secondes, alors les autres... »

Je ne sais pas si c'est de la parano mais des gamins se sont rendu compte que j'inspecte les lieux et me désignent du doigt. Il vaut mieux que je m'éloigne un peu et que j'appelle Mourad, pas la peine de chercher les embrouilles.

Je repars vers le carrefour mais la circulation incessante est vraiment trop bruyante. Bon, tant pis. Je vais me rapprocher un peu de la cité. Je fais dix mètres, je compose le numéro que j'ai mémorisé et j'appelle. Deux sonneries trois, quatre. La même voix de femme que l'autre jour :

— Allô…

— Bonjour madame, est-ce que je pourrais parler à Mourad ?

— Il dort. Il est fatigué. Il faut que tu rappelles tout à l'heure.

— Excusez-moi, mais c'est très important. Je dois lui parler.

A l'autre bout, un silence. J'insiste :

— S'il vous plaît.

— Bon, attends, je vais voir.

Je fais le pied de grue. Mon téléphone est muet. Et s'il ne se lève pas ?

— Ouais…

Je reconnais sa voix. Il n'a pas l'air d'apprécier d'avoir été réveillé.

— Salut Mourad, c'est Vincent.

— Qui ça ?

— Vincent, le pote d'Hamid. On a joué ensemble à Poitiers, pendant les vacances de Pâques, tu te souviens ?

— Ah ouais, le guitariste. Pourquoi tu m'appelles ? Y a un blème ?

— Je suis à Sergeny. Il faut que je te parle.

— T'es où ?

Il n'a pas l'air d'en croire ses oreilles.

— Ici, dans ta cité. Il faut que je te parle, je te dis. C'est important.

Je n'entends plus que sa respiration.

— Bon, je m'habille et j'arrive. T'es où exactement ?

— Pas loin du carrefour.

— Eh ben, t'y restes et tu m'attends !

Il raccroche.

J'ai marché pendant que je parlais et je me suis de nouveau rapproché du premier immeuble de la cité. Les gamins sont maintenant avec deux mecs qui m'examinent sous toutes les coutures. Un brun balèze, tout en noir, le regard mauvais. Un petit, châtain, à gueule de fouine. Je préfère ne pas m'attarder et je repars vers le carrefour où je fais le pied de grue.

Mourad n'est pas long à arriver.

Je lui tends la main. Il la serre froidement.

— C'est Hamid qui t'envoie ?

— Non. Je passais sur Paris et j'ai eu envie de te revoir. Je me demandais si tu avais l'intention de revenir faire un tour à Poitiers, pour qu'on rejoue ensemble.

Il ne me répond pas. Le malaise s'installe. Un bon gros malaise, bien sirupeux, bien collant, dans lequel je m'englue à fond. Je fais un signe en direction de l'avenue.

— J'ai mon train dans une heure et demie.

Mourad m'étudie quelques secondes puis prend mon bras et m'entraîne.

— Amène-toi. On y va, on discutera en marchant.

Machinalement, je jette un coup d'œil derrière moi. Les deux affreux ont disparu. Soit je ne les intéresse plus, soit me voir avec quelqu'un de leur cité les a rassurés. Autour du rond-point, l'atmosphère est quasiment devenue irrespirable tant la circulation s'est intensifiée depuis tout à l'heure. C'est l'heure de pointe spéciale jours de repos, la foire d'empoigne du samedi matin. J'aperçois d'ici les affiches géantes qui promettent le kilo de porc à vingt balles et l'arrivage exceptionnel de langoustes de Cuba « à prix d'ami »... Et pour rappliquer, les amis, ils rappliquent ! C'est ici qu'elle devrait venir, Valérie, pour expliquer à tous ces braves gens que la viande bradée à ce prix, c'est la misère assurée pour les éleveurs et les langoustes par centaines dans les congélateurs de tous les supermarchés de la chaîne, pire qu'une bonne dizaine de marées noires. On a fait une centaine de mètres sur l'avenue lorsque Mourad me dit :

— Je te crois pas…

— Qu'est-ce que tu crois pas ?

J'ai du mal à le regarder. Ça va mal se terminer mon enquête, j'ai vraiment pas la carrure. Il se tourne vers moi et m'attrape le bras…

— Je te crois pas quand tu dis que tu es venu pour me voir moi. Accouche !

J'avale péniblement ma salive. Il accentue sa pression.

— C'est à cause de Djamila.

— Quoi, Djamila ? Qu'est-ce qui se passe ?

Il s'est arrêté net et lâche mon bras. Je rêve ou il a la trouille ?

— Rien. Je voulais seulement savoir pourquoi elle est partie d'ici.

Ma réponse l'a visiblement rassuré parce qu'il se détend aussitôt, même si son expression reste ouvertement agressive.

— Et qu'est-ce que ça peut te foutre ?

Je décide de jouer le tout pour le tout :

— Elle me prend la tête, voilà ce que ça me fout. Elle est bizarre. Distante. Pourtant, elle m'attire comme jamais une autre fille ne m'a attiré. Tu peux comprendre ça ?

Il soupire. Ses yeux un peu tombants se voilent un instant.

— Ouais, je peux comprendre ça ! Maintenant, laisse-la tranquille, elle est pas pour toi…

— Qu'est-ce que t'en sais ?

— Je le sais, c'est tout.

Je me tais. On reprend notre marche. Mauvaise pioche. Si ça se trouve, il est amoureux d'elle et si c'est le cas, je ne suis pas près d'avoir la réponse à mes interrogations. Je le sens tendu à craquer. Ma présence ici ne lui fait pas plaisir du tout. Pas plus que ma curiosité. Partis comme on est, il va me raccompagner jusqu'à la gare et se barrer sans rien m'avoir raconté.

— Pourquoi elle est partie d'ici, Djamila ? Dis-le-moi et je te fous la paix. C'est pas un secret d'Etat quand même !

Il réfléchit un instant, puis me dit :

— T'es un obstiné, toi. Ecoute, elle s'entend plus avec son père. Il s'était foutu dans la tête de lui faire épouser quelqu'un au pays, un mec plus vieux qu'elle. Elle a menacé de se flinguer, elle sortait plus de chez elle, elle bouffait plus. C'était la guerre à la maison. Il fallait trouver une solution. Son vieux a laissé tomber, sa tante a proposé de l'accueillir à Poitiers pour qu'elle tire un trait là-dessus. Voilà. T'es content ? Ça te plaît de fouiller dans les poubelles des gens ?

Je le fixe. Il soutient mon regard sans broncher. Je tente le tout pour le tout :

— C'est pour ça qu'elle est partie en Algérie ?

— Comment tu sais ça, toi ?

— Je le sais, c'est tout.

— Ouais, c'est pour ça. Elle devait faire connaissance avec la famille du mec. Elle a fait la gueule, a insulté le mec. Ça a tourné au bordel complet. Il a fini par la virer, le mariage a été annulé. Mais comme c'était ce qu'elle voulait... Elle a pas voulu retourner chez elle. Fin de l'interrogatoire ?

Un camion passe, nous noyant dans des flots d'oxyde de carbone. Mourad ne semble même pas s'en apercevoir. Je hoche le menton.

— Excuse-moi, j'ai pété les plombs.

Il me semble lire une petite lueur de triomphe dans ses yeux. Le genre : « Toi, je viens de t'entuber sévère. » Je fais semblant de ne rien avoir vu. Elle se tient à peu près son histoire. Pourtant, je n'y crois pas. Il est trop agressif, trop méfiant. A la limite, si c'était vraiment ça, je pense qu'Hamid me l'aurait dit. Il ne faut pas que je me fasse d'illusions, je n'en saurai pas plus. Rien de rien, j'en suis sûr. Ce mec, c'est une tombe. On parle musique le reste du chemin et l'atmosphère se détend un peu. Quand on arrive à la gare, je lui propose de rester boire un coup avec moi. Il refuse, me serre la main et s'en va. J'hésite à le rappeler afin de lui demander de garder ma visite pour lui mais je n'ose pas. Je gagne le quai. Une série de sièges est fixée le long d'un mur. Je vais m'y écrouler et je me perds dans mes pensées.

— Excuse-moi, t'as du feu ?

Je lève les yeux. Une fille complètement craquante se tient devant moi. Petite, brune, rieuse, fringuée sexy : une jupe microscopique qui laisse tout voir de ses jambes lisses et bronzées, un tee-shirt court qui découvre son ventre plat et moule parfaitement deux petits seins aux proportions idéales : celles de la paume de ma main. Elle me rappelle les paroles d'une vieille chanson que m'a apprise mon père : *T'es belle comme un pétard qu'attend plus qu'une allumette...*

Sauf que c'est moi qui me sens au bord de l'explosion quand je retrouve assez mes esprits pour affronter son regard. Bleus, les yeux, qui balancent deux balles traçantes dans ma pauvre cervelle déjà bien malmenée.

— Désolé, je fume pas.

C'est bien la première fois que je regrette de ne pas fumer. Je m'attends à ce qu'elle s'en aille mais elle me répond :

— C'est rare, les mecs clean. Tu fais du sport ?

— De la natation.

Elle sourit.

— Ça explique les épaules...

Je le crois pas : elle me drague ? J'ai le nez au niveau de son nombril, un petit bourgeon de peau brune, un affolant repli charnu dans lequel j'ai peur de me laisser basculer corps et biens. J'ai chaud, tout d'un coup. Je sens que mon taux de testostérone vient d'atteindre des proportions alarmantes. Mes veines charrient une lave bouillonnante… L'éruption menace. Du calme, Vincent, du calme ! Depuis une semaine, les nanas me pleuvent dessus. Valérie. Et maintenant, celle-là. La fille remballe son paquet de clopes dans son sac. Je me relève un peu trop nerveusement.

— J'attends mon frangin qui doit venir me chercher dans cinq minutes. C'est con… T'es du coin ?

— Pas tout à fait…

— Pas grave… Ça te dirait qu'on se revoie ?

J'ai failli en tomber par terre. Tu parles, Charles ! Une meuf pareille, je me ramène avec, les copains tirent des langues de cinq mètres. Pareils que les loups de Tex Avery. Je réponds à regret :

— Ça risque d'être difficile, je suis vraiment pas du coin.

— T'es d'où ?

— Poitiers.

Son visage s'éclaire.

— Ah ? Tiens, c'est drôle, j'ai une copine qui vient d'y déménager ! Si ça se trouve, tu la connais…

Je réponds sans réfléchir :

— Djamila ? Djamila Ghérouane ?

— Non. Elisa Laclotte. Elle est en fac de chimie. T'es étudiant ?

— Non, je repique ma term'.

Elle lève les yeux vers moi et se mordille un peu les lèvres qu'elle a rouges et gonflées comme un joli fruit d'été. J'essaie de bien garder la bouche fermée pour qu'elle ne remarque pas que je suis en train de saliver. Un chien affamé…

— Je te laisse quand même mon téléphone perso, si tu repasses dans le coin.

Elle fouille dans son sac, arrache une page d'un agenda, y griffonne un numéro et me le tend. Je glisse le morceau de papier dans la poche de mon blouson. Elle me demande le mien. Je ne peux quand même pas lui filer celui du portable de Jérôme. En plus, si elle l'appelle, il lui file un rancard illico et il la bouffe toute crue… Je lui donne celui de mes parents, c'est plus sûr. Tandis qu'elle le note soigneusement, un petit bout de langue rose et humide pointe entre ses quenottes blanches.

— Je suis sûre qu'on se reverra. Tu t'appelles comment ?

— Vincent.

— Moi, c'est Nat. Ciao bello.

Elle me jette un baiser du bout des doigts et s'en va. Je la suis des yeux jusqu'à ce qu'elle disparaisse de mon champ de vision. Je flotte sur un nuage. Bon, reprends-toi Vincent ! T'es un sex-symbol, c'est comme ça : assume. Ma demi-heure d'attente passe comme un rêve peuplé de créatures lascives.

Je refais le trajet en sens inverse. Mon train est déjà sur le quai quand j'arrive à Montparnasse. Je rejoins ma place, je m'y affale et je somnole, crevé par toutes ces émotions, étourdi par mes rencontres.

Je fais le point. J'éprouve toujours un pincement au cœur quand je pense à Djamila. Il faut pourtant que je renonce à comprendre ce qu'elle a, que j'oublie cette histoire, que je me la sorte de la tête. C'est une belle année qui commence. Je plais aux filles, j'ai une copine super. On donne un concert la semaine prochaine. Comme dit Hamid : « Elle est jolie, la vie ! »

Juste avant d'arriver en gare de Poitiers, je ressors le numéro de Nat. Je revois brièvement les jambes interminables, le nombril aux propriétés hypnotiques et les deux petits seins ronds. Tiens, si je lui passais un coup de fil. Comme ça. Pour lui dire que j'ai été content de la rencontrer. Ça ne prête pas à conséquence… Je sors le portable de Jérôme, je compose le numéro. Ça sonne. J'ai le cœur qui s'emballe. Clic. Une voix de femme : *Le numéro que vous avez composé n'est pas attribué ; le numéro que vous avez composé n'est pas attribué ; le numéro…* J'appuie sur la touche et je coupe la communication. Je me sens tout con. Soit elle s'est gourée sous le coup de l'émotion, soit… elle s'est foutue de ma gueule. Quel intérêt elle aurait eu à faire ça ? Bah, c'est sans importance. De toute façon, elle habitait trop loin. Si elle ne m'a pas mené en bateau, elle me passera un coup de fil à un moment ou un autre… Sinon, quand je raconterai un jour l'anecdote aux copains, je supprimerai le dernier épisode.

CHAPITRE 6

Il est exactement trois heures et demie quand mon train entre en gare de Poitiers. Je prends la passerelle et je remonte en ville pour aller rendre son téléphone à Jérôme. Bon, faisons le point… Je sais qu'il y a peu de chances désormais que je fasse carrière dans les services spéciaux. Je me suis payé une balade en banlieue, point à la ligne. Un peu chère d'ailleurs la balade, vu l'intérêt du panorama. Quant à Djamila, elle conserve son mystère, si mystère il y a… Le « fiancé » imposé, il y a de grandes chances que ce soit la triste réalité. N'empêche qu'avec mon bol, Mourad va sûrement téléphoner à Hamid et lui raconter notre conversation. J'espère au moins que lui n'ira pas la rapporter à Djamila.

Jérôme n'est pas là quand j'arrive chez lui. Je remets le portable à sa mère et je me rends place de la Liberté. Avant de sonner chez Valérie, je m'assois sur un banc. Où est-ce que j'en suis avec elle ? En ce moment, je me comporte un peu comme un chien fou, je le vois bien. Quoi que je me raconte,

Djamila me travaille encore méchamment, Nat m'a mis le feu aux poudres. Et Valérie ?

Musique…

Que voy a hacer
Je ne sais pas
Que voy a hacer
Je ne sais plus
Que voy a hacer
Je suis perdu
Que hora son
Mi corazón

Je sors ma carte, je vais jusqu'à la cabine téléphonique et je l'appelle. C'est sa mère qui répond et me la passe.

— C'est toi ! T'es où ?

— Devant chez toi, ma belle.

— J'arrive !

Elle vient m'ouvrir, canon comme tout dans une petite robe près du corps et elle m'invite à entrer boire un thé dans sa chambre. Je fais un rapide effort pour me convaincre que Djamila et Nat n'ont jamais existé et je la suis.

Evidemment, je connais déjà les lieux… En fait sa chambre, c'est un appentis attenant à leur maison que ses parents ont fait retaper afin d'obtenir une pièce très claire pourvue d'une mezzanine. En bas, elle a installé un bureau-salon, en haut, elle a mis son lit et une partie de ses bouquins. J'ai bien la tentation de l'y entraîner mais elle me dit en riant :

— Dans la journée, mes parents peuvent débarquer n'importe quand ! En plus, ils savent que tu es là. Mais le soir, ils se calfeutrent et ne ressortent que le lendemain matin, comme les poules.

Elle se serre contre moi.

— Tu restes, ce soir ?

Pour toute réponse, je ventouse ma bouche sur la sienne. On s'embrasse longtemps, appuyés contre le mur. Comme je deviens un peu plus entreprenant, elle me repousse.

— Eh ! tu es venu boire un thé, je te signale.

— Tu n'aurais pas une bière, plutôt ?

— Non. J'ai de l'excellent darjeeling et un merveilleux sou-chong. A moins que tu ne préfères l'earl grey ?

— On n'a décidément pas la même culture !

Elle réplique, tout en mettant à chauffer une bouilloire électrique très design :

— Tant mieux ! Si on se ressemblait, on n'aurait rien à s'apporter.

Tant de bon sens me confond, comme dirait l'autre... Pour elle, le monde est perfectible, les êtres se respectent, se soutiennent et s'enrichissent les uns les autres dans une grande spirale ascendante. Bref, les taloches qu'elle a reçues à Gênes n'ont pas émoussé sa confiance en l'homme ! Je m'installe à son bureau et je l'observe, tandis qu'elle joue à la dînette. Elle dispose sur une table basse deux soucoupes et deux tasses en porcelaine, une théière qui fait visiblement partie du même service, un sucrier et une assiette de petits gâteaux. Ils ne sortent pas d'un banal paquet acheté en supermarché mais d'une boîte aux formes élégantes qui porte le nom du meilleur pâtissier de la ville. Ça me fait penser qu'avec mes exploits, je n'ai rien pris le temps d'avaler depuis le petit déjeuner.

— Du lait ?

— Non.

J'ai envie de rire. Le seul thé que j'ai l'habitude de boire, c'est celui de la mère d'Hamid. A la menthe. Avec quinze kilos de sucre minimum par verre.

Elle est pas classe comme Valérie, la mère d'Hamid. Ses gâteaux, elle ne les achète pas en ville, elle les fabrique elle-même, avec de la semoule fourrée aux dattes qu'elle fait frire en forme de triangles avant de les plonger dans le miel liquide. Ils en sortent dorés, gluants et délicieusement bourratifs. Ça vous caille sur le jabot et vous coupe l'appétit pour le reste de la journée. Evidemment, on n'a pas le droit de refuser :

— Allez Vincent, mon fils, reprends un makroud, tu as trop maigri !

Et Hamid d'en rajouter une bonne louche :

— Allez Vincent, mon frère, reprends un makroud, sinon tu vas nous offenser…

La bouilloire vient de siffler. Valérie verse l'eau frémissante dans la théière et ajoute le thé. Je me tourne vers le bureau. Il est parfaitement rangé. Ses bouquins sont empilés bien sagement. Des Post-it en dépassent, couverts d'une écriture ronde et bien formée qui me rappelle celle de So. Je prends le premier qui me tombe sous la main. *Dieu, que la guerre économique est jolie.* Il me semble l'avoir vu à la maison, celui-là, sur la table du salon et que mes parents en parlaient entre eux. Je le feuillette distraitement. Valérie s'en rend compte.

— Tu l'as lu ?

— Non. Je crois que mon père l'a acheté.

Elle s'enthousiasme.

— Il est génial, ce bouquin ! Demande-lui qu'il te le passe. C'est un prof d'économie qui l'a écrit. Il fait aussi des chroniques dans *Charlie Hebdo.* Tu ne les lis jamais ?

Valérie me met entre les doigts une tasse remplie de thé. Je ne réponds rien, quitte à passer pour un bœuf. Je lis. Beaucoup. Et pas seulement les bouquins du programme de français. Tard dans la nuit. Rimbaud, Lautréamont, Céline, Burroughs, Carver, Ellroy. Des polars, des thrillers en pagaille. Des classiques, Flaubert, Proust, Kafka, que je pique, dans la bibliothèque de mes parents, que j'emprunte au CDI ou que j'achète. L'année prochaine, ce sera soit la fac de lettres soit celle de musico, je me donne encore le reste de l'année pour réfléchir. Je reconnais que je ne lis pas de journaux, de magazines, d'essais. La réalité m'ennuie. Ou alors elle me fait peur. Je l'aime revisitée par les livres, mise à nu grâce au regard d'un autre qui n'est pas moi. Valérie l'affronte, s'engage, espère changer le monde. Moi, je prends la fuite à longueur de temps. Je me balance de tout, pas même foutu d'aller m'inscrire sur les listes électorales. Cerise sur le gâteau, je me raconte des salades et je m'emballe pour des nanas qui n'en ont rien à foutre de moi.

Déconnecté, le Vincent. Complètement.

— Qu'est-ce que tu as, tu fais une drôle de tête ? C'est boire du thé qui te met dans cet état ?

— Pourquoi tu t'intéresses à moi, Valérie ? Je t'arrive pas à la cheville.

Elle s'approche, s'agenouille devant moi, me débarrasse de ma tasse. Puis elle prend mes mains, les serre l'une contre l'autre et les embrasse. De l'index, elle caresse l'ongle de mon pouce droit que je garde très long pour attaquer les cordes.

— Parce que tu possèdes quelque chose de très beau en toi, Vincent. Moi, je le vois et ça me plaît.

Et puis il y a ce que je pressens aussi, une douleur que je devine et que j'aimerais t'aider à porter.

Je pose mes lèvres sur son front et je reste sans bouger un long moment, réprimant l'envie de pleurer qui me gagne. Je me redresse.

— Valérie…

— Oui ?

— Parle-moi de toi. Parle-moi de ce bouquin.

Ses yeux s'éclairent. Elle se lève d'un bond et m'entraîne vers la table.

— D'accord, mais en mangeant un gâteau. Ils viennent de chez Langeard, tu vas adorer.

***

La vie est bizarre.

Je me penche précautionneusement pour regarder l'heure sur le cadran lumineux du réveil. Cinq heures du mat ! Je n'ai toujours pas envie de dormir. Je m'allonge tout doucement et je m'étire. Valérie murmure une bouillie de paroles incompréhensibles et vient se blottir contre moi. Je fourre mon nez dans ses cheveux. Je suis bien.

Il était sept heures quand je suis rentré chez moi pour dîner avec mes parents. A table, mon père a failli tomber à la renverse quand j'ai commencé à parler de la mondialisation, de la pensée unique, de la taxe Tobin. J'avais bien retenu la leçon de mon prof particulier d'économie. Gonflé à bloc ! J'étais d'ailleurs le premier surpris d'avoir si bien mémorisé les explications de Valérie.

— Depuis quand tu t'intéresses à ça, toi ?

Il ouvrait des yeux étonnés mais paraissait sincèrement heureux de ma « métamorphose ». Ma mère était plus circonspecte et devait subodorer une influence souterraine. On a discuté comme on ne l'avait pas fait depuis longtemps. Après le repas, il m'a passé deux ou trois bouquins de vulgarisation sur le sujet. J'ai promis de les lire. Vers neuf heures, je suis sorti pour chercher Valérie et rejoindre les copains au café. Elle s'était changée. Jean noir, pull prune, blouson de cuir fauve et petites godasses assorties. Un trait de crayon noir soulignait ses paupières et elle s'était mis un rouge à lèvres très clair.

— Tu aimes ?

— T'es ravissante et super bien sapée. J'ai l'air d'un plouc à côté de toi.

Elle a haussé les épaules.

— Tu es parfait. En fait, je te trouve vachement beau. Et quand tu joues, tu es carrément génial.

— T'as fumé ?

— Pas encore. Non, je crois simplement que je suis amoureuse.

J'ai rougi et je n'ai rien répondu. On est partis vers la place d'Armes. De loin, à la terrasse du Dauphin, j'ai reconnu Hamid, Lisa, Jérôme avec une fille que je ne connaissais pas, Charlie et Morgane. Et Djamila. Ils nous avaient gardé deux places. On s'est dit bonsoir. Pour la première fois, j'ai fait la bise à Djamila. Sa peau était douce. Parfumée aussi. Elle se comportait avec une gentillesse qui m'a étonné. Et pour la première fois, ses yeux paraissaient me voir. Tout le monde parlait, plaisantait, riait. Moi, j'étais dans mes petits souliers. Aucune allusion de la part d'Hamid... J'en ai conclu que Mourad n'avait pas encore pris le temps de le mettre au courant. De temps à autre, je regardais Djamila à la dérobée. Elle semblait avoir sympathisé avec Morgane et parlait avec animation. Je savais que je n'avais rien à attendre d'elle. Je le savais mais chaque fois que je tournais le regard dans sa direction, ça se coinçait dans ma poitrine. Et moi qui croyais que j'étais guéri... Valérie discutait avec Hamid et Lisa. Elle avait glissé sa main dans la mienne. J'ai fini par me joindre à eux mais, malgré moi, mon regard dérapait sans cesse, comme aimanté, vers les yeux de Djamila.

Plus tard, on est allés dans une boîte à l'ambiance rétro qu'on adore, Hamid et moi. J'ai découvert que Valérie dansait divinement bien et on a enchaîné les rocks. Ensuite, la lumière s'est atténuée, a viré au bleu et la série des slows a commencé. On en a dansé trois ensemble puis je l'ai abandonnée à Jérôme. Je suis retourné m'asseoir. Hamid et Lisa s'étaient évaporés. Djamila ne dansait pas. La place à côté d'elle était libre. J'ai hésité et puis je m'y suis installé. Après un bref instant de silence, elle m'a dit :

— Elle est très jolie, ta copine. Elle a de la classe. Tu sors avec elle depuis longtemps ?

— Quelques jours seulement.

Elle a hoché la tête, avec lenteur. La moitié de son visage était dans l'ombre, l'autre m'apparaissait au gré des éclairs intermittents qui provenaient de la piste.

— Je préfère. Ça m'aurait embêtée que vous vous connaissiez depuis longtemps quand tu m'as fait ton numéro, mardi soir. Elle vaut mieux que ça, cette fille. Elle a vraiment l'air bien.

— C'était pas un numéro. J'étais sincère et tu m'as profondément blessé.

Elle a souri.

— Apparemment, tu t'en es vite remis…

J'ai serré les mâchoires. Malgré la pénombre elle s'en est rendu compte. La musique était très forte. *Still loving you,* un vieux truc de Scorpion. C'était de saison. De la guimauve bien ficelée, avec un solo de guitare à vous faire sangloter de bonheur sur une épaule compatissante.

— Invite-moi à danser. Tu veux bien ?

Je l'ai dévisagée, un peu ahuri. Si j'avais pu imaginer une telle demande de sa part ! Elle m'a encouragé du regard. On s'est levés et on s'est dirigés vers la piste. Valérie m'a fait un petit signe complice de la main. Son front était luisant de sueur. Dans les bras de Jérôme, elle ressemblait à un fétu de paille. Un mouvement malheureux et il la cassait en deux. J'ai enlacé Djamila. Ses seins se sont écrasés sur ma poitrine, ses mains sont passées autour de mon cou. Mon nez a effleuré ses cheveux et j'ai respiré ce parfum qui m'avait tellement plu quand je lui avais fait la bise au bistrot : fruits, musc et épices. Pas mal d'hormones aussi, parce que j'ai senti ma tension sanguine atteindre la cote d'alerte.

— Tu danses bien.

— C'est gentil.

— Excuse-moi, pour mardi soir. Tu es mal tombé, c'est tout.

— J'ai remarqué. Tu n'étais quand même pas obligée de me balancer ces vacheries.

— Quelles vacheries ? Tu n'aurais pas fini par vouloir me sauter, non ? C'est pour ma conversation que tu voulais me connaître ? Eh, lâche-toi un peu !

J'ai cherché ses yeux. Dans la pénombre, ils semblaient deux morceaux de ciel noir, semés de pépites dorées. Les éclairages qui balayaient la salle coloraient sa peau, ses cheveux, de rouge, de vert, de bleu.

— Ça recommence ! Et quel mal il y a à ce qu'un mec ait envie de sortir avec une fille ?

Elle m'a pressé doucement les épaules.

— Il n'y a aucun mal à ça, Vincent. Il y a juste que pour moi, ce n'est pas le moment.

— Pourquoi, t'as des problèmes ?

Je l'ai sentie se raidir dans mes bras.

— Je n'ai pas envie d'en parler. Pour l'instant, je ne veux pas d'un mec, c'est tout.

— Et plus tard ?

— Plus tard sera plus tard.

Elle s'est serrée contre moi. Pas trop. Juste ce qu'il fallait. Juste assez pour que je sente ses seins un peu plus fort contre ma peau. J'ai surpris les yeux de Valérie posés sur nous. Jérôme lui a dit un truc à l'oreille. Elle a secoué la tête d'un air navré. On n'a plus prononcé un mot jusqu'à la fin du slow. Je ne me sentais plus amoureux de Djamila. J'étais toujours aussi fasciné par elle mais un ressort s'était brisé en moi. J'ai pensé de nouveau à ce que m'avait dit Mourad : c'était peut-être vrai qu'on avait voulu la marier à un mec qu'elle ne connaissait pas. J'avais connu deux filles à qui c'était arrivé. Un jour, elles avaient disparu de la circulation : elles étaient reparties au pays, sans qu'on leur demande leur avis. Pas le genre de Djamila, d'obéir sans discussion. Au moins ici, on lui foutrait la paix. Moi le premier, dorénavant.

Quand la dernière note s'est évanouie, je me suis détaché d'elle sans regrets. Elle a esquissé une révérence, m'a dit merci et on est retournés s'asseoir. Je crevais de chaleur, je me sentais poisseux. J'ai vidé mon verre d'un trait. Valérie s'est penchée vers moi et m'a dit :

— Chaud, chaud, chaud ! C'est une de tes ex, cette beauté solitaire ?

— Pas du tout, c'est la cousine d'Hamid. Je la connais depuis une semaine à peine.

— Quel hasard, exactement comme moi ! Alors, c'est peut-être une future…

Elle attendait ma réaction, ses yeux verts rivés aux miens. C'est l'esprit très serein que j'ai répondu :

— Mon futur, j'ai envie de le voir avec toi. Tu me crois ?

Elle a pris ma tête entre ses mains et m'a embrassé.

— Je suis stupide… Oui, j'ai envie de te croire.

***

Je me redresse de nouveau pour regarder l'heure. Cinq heures trente. Valérie dort profondément. Il faut que je fasse comme elle. Demain, à huit heures, avant que ses parents se lèvent, je décanille. J'aurais l'air malin si je les croisais dans la cour : « Bonjour monsieur, bonjour madame. Je suis le copain de votre fille, excellent le matelas, qualité extra… »

Je m'allonge et je l'attire doucement dans mes bras. Elle épouse exactement la forme de mon corps. Je murmure :

— Moi aussi Valérie, je crois que je suis en train de tomber amoureux.

CHAPITRE 7

Sept heures. Valérie n'a toujours pas émergé. Je m'habille sans faire de bruit et je me penche vers elle. Son odeur tiède emplit mes narines. Je dégage son visage, enfoui dans un fouillis de cheveux blonds et je l'embrasse avant de m'éclipser.

Dehors, il fait frais. Je marche vite pour me réchauffer. Les rues sont vides. Des rues de dimanche matin : elles se reposent de la semaine. Quand j'arrive à la maison, mes parents ne sont pas encore levés. Je vais dans ma chambre et je m'allonge. Je n'ai pas envie de dormir. Dans quelques minutes j'irai faire couler du café.

***

Une main me secoue.

— Tu dors tout habillé maintenant ?

Mon père est assis sur mon lit. Ses longs cheveux ébouriffés et ses joues mal rasées accentuent son allure de vieux baba. Je m'assois. Une barre douloureuse palpite au-dessus de mes yeux. Jamais je n'aurais dû m'endormir.

— Tu viens prendre le petit déjeuner avec nous et après on joue un peu ?

J'acquiesce et je le suis à la cuisine. Ma mère a déjà préparé les bols et les remplit de café maison. Noir et fort. Trop fort même. La première gorgée m'arrache une grimace. En plus, ça cogne de plus en plus fort derrière les os de mon crâne.

— Maman, t'aurais pas quelque chose pour le mal de tête ?

— Du Doliprane, comme d'habitude.

Elle se lève, fouille dans un tiroir et pose deux comprimés blancs devant moi. Je les avale. C'est amer, dégueulasse, mais efficace. En cinq minutes, le martèlement ininterrompu de batterie se dilue dans le vide sidéral de mon cerveau. Mon père me demande :

— Tu as picolé, hier soir ?

— Non. Pas plus que ça. Je dois être crevé.

— Tu bosses trop, ménage-toi ! suggère ma mère avec un sourire ironique.

Tiens, ça me fait penser que j'ai un contrôle d'anglais à préparer pour demain. Je jette un coup d'œil à la pendule murale. Il est neuf heures. Je joue pendant une heure avec papa, je révise pendant deux heures et l'aprèm est à moi.

Une fois le petit déjeuner expédié, on va dans ma

chambre. Mon père ramène sa vieille Fender et son ampli à lampe. Il sort son diapason et on s'accorde soigneusement. Le rite obligé. Je le laisse commencer. Il attaque l'intro de *Hey Joe*. Pas à dire, il a le son. Epais et velouté. Rond et précis. Il commence à chanter. Voix un peu rauque, bien travaillée à l'alcool et au tabac. Je la soutiens avec des petits riffs nerveux, avant d'entamer un solo qui décolle vers les aigus. Je n'ai plus sommeil, j'ai envie de déchirer la matière trop molle de ce dimanche matin, d'y lâcher une pluie de notes afin de me laver de mes doutes, de mes indécisions. Mon père hoche le menton en connaisseur. Tout à l'heure, c'est lui qui va prendre ma suite. Il va fermer les yeux, laisser aller ses doigts et passer sa rage sur les cordes. Après ça ira mieux. Pour lui comme pour moi.

Pendant des années, il a joué dans un groupe avec des copains. Ils étaient connus dans le coin : *Les Maudits Blues*. Ils faisaient les bals, les mariages, les soirées dansantes pour le fric et les festivals de rock et de blues pour le plaisir. Il a rencontré ma mère à un concert. Elle est tombée raide dingue amoureuse de lui et très rapidement, ils ont commencé à vivre ensemble. En fait, c'était elle qui le faisait bouffer avec son boulot d'infirmière au CHU. Ils ont galéré pas mal. Avec le temps, le groupe est parti à la dérive. Mon père a fini par arrêter la musique. Financièrement, ce n'était plus possible. Il est devenu éducateur spécialisé. Et puis, entre-temps, on était arrivés, Sophie et moi. Des vrais faux jumeaux.

Sophie. Ma So.

Ma sœur.

Comme il continuait à jouer beaucoup, pour lui seul désormais, ça nous a donné des idées à So et à moi. On a commencé très tôt la musique. Moi, la guitare classique. Elle, le violoncelle. Il fallait voir l'orgueil de nos parents quand on raflait les prix, en fin d'année, au conservatoire. J'avais la plus belle famille du monde, des copains, aucun souci. J'étais heureux. Il ne me manquait rien.

Et puis il y a deux ans, Sophie s'est affaiblie de manière anormale. Au début, personne ne s'en est inquiété. Maman a fini par l'envoyer consulter un copain toubib à l'hôpital. Il a diagnostiqué une leucémie. Sophie a dû tout arrêter, la musique, les cours et commencer un traitement. J'ai coulé en même temps qu'elle. Elle est devenue de plus en plus pâle, de plus en plus faible. Je passais mon temps à l'hôpital, avec elle. Les médicaments ne donnaient rien. On m'a ponctionné de la moelle pour la lui greffer. L'opération a échoué. Quand elle est morte en décembre de l'année dernière, j'ai arrêté d'aller au lycée. J'ai fait une déprime monumentale : j'avais perdu ma compagne de jeux, ma meilleure amie, ma confidente. Ma sœur. Je n'attendais plus rien de la vie. So morte, c'est la moitié de moi qui s'en était allée avec elle. Sans mes parents, Hamid, Jérôme, les autres, j'y serais resté. J'ai refait surface petit à petit. J'avais foutu en l'air une année mais c'était sans importance. Je devais réapprendre à vivre sans me sentir privé de ma moitié. On a conservé sa chambre telle quelle. De temps en temps, je m'y isole. Je lui parle comme si elle était là. La vie a repris le dessus. Mes parents se sont lancés à corps perdu dans leurs activités associatives. J'ai réintégré le groupe, j'ai repris ma term' là où je l'avais interrompue et j'ai retrouvé Hamid qui avait redoublé sa première.

Je plaque l'accord final en secouant la gratte pour que le son se prolonge en vibrant. Mon père secoue la tête.

— On est bons, fistons, on est très bons. On s'en refait une autre ?

Pour toute réponse, j'exécute les premières mesures de *Love in vain,* arpèges au médiator, souples, incroyablement mélodieux. Mes yeux se posent sur le violoncelle de So, abandonné dans un angle, à la tête de mon lit. Le vernis semble éteint sous la lumière pâle et froide qui tombe de la fenêtre. La voix de mon père s'élève :

When I followed her to the station
With my suitcase in my hand

It's hard to tell, it's hard to tell
When all you love is in vain.

Du blues comme je l'aime : lourd, poisseux. Noir. Tout à fait mon état d'esprit, ce matin, depuis mon second réveil. J'ai en mémoire le solo de Keith Richards, épuré, lent, sans effets inutiles. J'essaie de le sortir tel quel, aussi fidèlement que possible.

Mon père a les yeux dans le vague. Il a l'air vieux soudain, fatigué. Un gros nuage de tristesse vient de crever au-dessus de nos têtes. Quand il attaque le second couplet, je joins ma voix à la sienne :

When the train come in the station
I looked her in the eyes
I felt so sad and lonesome
I could not help to cry.

***

La journée est déjà bien entamée quand je commence la tournée des coups de téléphone. D'abord Valérie. On prévoit de se voir vers six heures en ville. Ensuite, j'appelle Hamid. C'est sa mère qui décroche :

— Allô, bonjour madame Ghérouane, c'est Vincent.

— Bonjour, mon fils, tu vas bien ?

— Très bien, madame Ghérouane.

— Et tes parents ?

— Très bien aussi. Est-ce que je peux parler à Hamid ?

— Oui, je te le passe. Il ne va pas trop bien, lui. Il va te raconter. Au revoir, mon fils.

— Au revoir…

Il me semblait bien percevoir, depuis le début de notre conversation, une intonation inhabituelle dans sa voix. Soucis ? Anxiété ? Bon, qu'est-ce qui lui arrive à Hamid ? C'est Lisa qui vient de le larguer ? Il s'est fait pêcher dans un de ses petits trafics ?

— Allô, Vincent ?

Sa voix est triste. Et quand Hamid est triste, c'est qu'il a de bonnes raisons de l'être.

— Salut Hamid, qu'est-ce qui se passe ? T'as des ennuis ?

— Moi, non. Un copain de Sergeny. Tu le connais, en plus. C'est marrant, tu m'en as parlé il y a pas une semaine… Tu sais, mon pote Mourad, le bassiste…

Je serre le combiné de toutes mes forces.

— Qu'est-ce qu'il a ? Qu'est-ce qui lui est arrivé ?

— Sa mère nous a appelés, ce matin. Il s'est fait ramasser par une bagnole qui roulait à toute pompe dans Sergeny. Le conducteur s'est même pas arrêté et il a pris la fuite. En plus, on a retrouvé la bagnole abandonnée deux heures plus tard. Elle avait été volée. Alors pour le retrouver… Oualou !

— C'est arrivé où ?

— Pas loin du carrefour qui se trouve juste à côté de chez lui. Sa mère m'a dit qu'il revenait d'aller voir quelqu'un qui l'avait appelé. C'est con, putain que c'est con !

Ma voix tremble un peu quand je demande :

— Il est mort ?

— Non, dans le coma. Les deux jambes cassées, une fracture du bassin et des bleus partout mais il est vivant. Par contre, les toubibs sont incapables de dire quand il va reprendre connaissance. Ce qui est sûr, c'est que par miracle – Inch' Allah – sa tête est intacte. Alors il y a bon espoir.

Je lui demande quand c'est arrivé mais je crains de savoir déjà ce qu'il va me répondre.

— Hier, vers onze heures du mat'. D'habitude, à cette heure-là, Mourad, il dort. Ça devait être de première bourre, son rancard.

— Je suis vraiment désolé, Hamid. Est-ce que tu veux nous retrouver, on doit se voir tout à l'heure avec Valérie ?

— Ecoute, je sais pas. On va retéléphoner à l'hôpital pour savoir s'il y a du mieux. Tu verras bien si je débarque. A plus, mon frère.

— A plus.

Je raccroche. J'ai envie de gerber. Mourad, si je

n'étais pas venu le tirer du lit, il serait toujours entier à l'heure qu'il est. Un instant, j'ai la tentation de rappeler Hamid et de tout lui raconter. Je me retiens. Il vaut mieux attendre et voir comment les choses tournent, comment Mourad s'en sort. A ce moment-là, il sera temps de remettre les pendules à l'heure et pour moi d'en prendre plein la gueule.

CHAPITRE 8

Je jette un coup d'œil sur ma gauche. C'est la dernière heure de cours de la journée et il reste à tout casser dix minutes à tenir. Hamid prend ses notes en silence. Djamila est tout aussi concentrée, son éternel petit carnet posé sur sa table, devant elle, comme un talisman. Dehors, il bruine. Le ciel est gris, désolant.

Ce matin, en arrivant au bahut, Hamid m'a annoncé que Mourad était sorti du coma :

— J'ai eu sa mère au téléphone. Il est encore dans les vaps mais selon les toubibs il est tiré d'affaire. Il ne parle pas encore, mais ce n'est plus qu'une question d'heures et les flics pourront l'interroger pour savoir s'il se souvient de quelque chose.

J'ai pris Hamid par l'épaule. C'était comme si on m'ôtait un poids énorme de la conscience. Toute cette semaine, j'ai eu beau me répéter que je n'étais pour rien dans l'accident de Mourad, que je n'étais pas responsable de la circulation sur cette avenue, je me sentais coupable. Je me sens toujours coupable en fait mais je suis obligé de garder ça pour moi seul en attendant le déballage qui tue et qui ne va plus tarder maintenant. Je ne vois pas bien comment je vais expliquer à Valérie que j'ai fait sept cents bornes aller-retour en train pour aller fliquer Djamila et interroger ses copains sur son passé, comme un détective de série Z. Quant à Hamid... mieux vaut ne pas y penser pour l'instant. Comme preuve d'amitié, on fait mieux. Comme preuve de courage aussi. Pas glorieux le Vincent...

Mardi dernier, on n'a pas répété. Personne ne s'en sentait l'envie. On s'est contentés d'un pot un peu triste où les plaisanteries tombaient à plat. Heureusement que Valérie était là. Elle fait vraiment partie de la famille maintenant. On a parlé politique, économie, actualité. C'est marrant parce que d'habitude, on n'aborde jamais ce genre de sujets entre nous. A la fin de la soirée, j'avais l'impression de m'être tapé le *Monde diplo* de mon père mais au moins on avait tous la pêche.

A sa demande, mercredi, on s'est confortablement installés sur son canapé, dans sa petite chambre et je lui ai donné sa première leçon de guitare. J'étais heureux de lui indiquer comment placer ses mains sur le manche, de l'aider à positionner ses doigts pour former les accords. Comme elle n'est pas véritablement débutante, je lui ai appris une grille de bossa, très simple, très mélodieuse et qui jette pas mal si on l'enchaîne souplement.

Il devait être six heures et le cours touchait à sa fin quand on a frappé au carreau. Deux visages souriants se sont encadrés par l'ouverture de la fenêtre : c'était ses parents. Ils sont entrés et Valérie a fait les présentations : son père et sa mère sont avocats et travaillent comme associés dans le même cabinet. J'étais un peu intimidé mais ils m'ont tout de suite mis à l'aise. Il a évidemment fallu que je joue quelque chose. Je me suis dit qu'il fallait m'adapter à mon public... Valérie possède une excellente guitare classique, j'ai donc exécuté le prélude et le presto de la suite en *mi* mineur de Jean-Sébastien Bach que j'ai étudiée au conservatoire. J'ai terminé par la gigue, assez casse-gueule. J'étais un peu tendu mais j'ai réussi à la sortir très correctement. Ils ont eu l'air d'apprécier et m'ont redemandé autre chose. Je me suis lancé dans le premier prélude de Villa-Lobos. Ça a été le franc succès. Ensuite, on a discuté. Je m'attendais à rencontrer des bourgeois prétentieux et coincés et je me suis trouvé face à des gens ouverts, simples et accueillants. Quand ils ont su que j'étais en terminale L et que j'envisageais de faire la fac de lettres, ils se sont mis à m'interroger sur mes lectures et à me parler des leurs.

Le soir même, j'avais droit à un coup de fil de Valérie pour me dire que ses parents m'avaient trouvé charmant et que si je l'acceptais, je pouvais me joindre à eux pour un week-end à la mer. Ils se rendaient dans une grande maison que possède son grand-père sur l'île de Ré et devaient retrouver des copains sur place, ce serait super. J'ai hésité et puis j'ai préféré dire non. J'avais peur de ne pas savoir comment me comporter, de manquer d'éducation ou de conversation, peur de me montrer bêtement agressif si je ne me sentais pas à la hauteur. Bref, j'ai choisi de rester seul par manque d'estime de moi, par orgueil.

Faut quand même être con ! Je sens que je suis parti pour deux jours de blues bien mortel.

La sonnerie annonçant la fin des cours retentit. Je demande à Hamid :

— T'as le temps d'aller boire un pot ?

— Non, j'ai pas vu Lisa de la semaine. On doit se retrouver. Ce soir, si tu veux ou demain. Tu me bigos. A plus.

Je fourre mon classeur et mon bouquin dans mon sac. La salle se vide rapidement. Je sors du préfa. Devant moi, Djamila se dirige vers le portail. Il m'est difficile de ne pas la regarder marcher et je me laisse bercer par le balancement de ses hanches. Je suis assez près d'elle pour voir la pluie légère se déposer sur ses cheveux en perles brillantes. Une fois dans la rue, nos routes se séparent : elle part sur la droite, moi sur la gauche. Je fais environ cinq mètres et je m'immobilise. Planqué derrière l'arrêt de bus, je repère une tête qui m'est familière. Je l'ai déjà vue mais je ne sais pas où. C'est un mec plutôt petit, châtain-roux, avec un visage étroit et des yeux minuscules et perçants. Et pour l'instant, ses yeux, ils sont fixés sur Djamila et ils ne la lâchent pas. Je continue mon chemin. Ce n'est pas quelqu'un du lycée, j'en suis certain. Je me retourne. Il s'est mis à suivre Djamila.

Et ça me revient d'un coup : c'est un des deux types qui m'épiaient, en bas de leur immeuble, quand j'étais à Sergeny, pour mon rendez-vous avec Mourad ! On ne peut pas oublier une pareille tête de fouine ! Qu'est-ce qu'il fout là ? Pourquoi est-ce qu'il surveille Djamila ? Je fais machine arrière et je le piste à mon tour : s'il tente quoi que ce soit, je pourrai intervenir. On fait comme ça deux cents mètres. Djamila ne s'est pas retournée une seule fois. Lui non plus, d'ailleurs. On tourne sur la droite, une rue tranquille où il n'y a pas un chat. A ce moment, une bagnole arrive silencieusement, me dépasse, dépasse le roux, Djamila puis freine brutalement. Et là, je commence à avoir la trouille. C'est une BMW noire et sa plaque porte une immatriculation de la région parisienne. Les portières s'ouvrent et deux mecs en jaillissent. J'en identifie un : le balèze qui flanquait gueule de fouine, cité des Rois. Djamila les connaît visiblement aussi car elle pousse un hurlement et tente de leur échapper. Elle percute son poursuivant qui s'est précipité vers elle, recule et lui balance son sac dans la figure. Sous le choc, il s'ouvre et disperse son contenu sur le trottoir. Je veux courir à sa rescousse. Les muscles de mes jambes sont agités de tremblements nerveux. Un faux pas sur le sol glissant et je me ramasse en beauté. Une douleur aiguë explose dans ma cheville. Je me relève à grand-peine pour voir que le costaud a ceinturé Djamila et l'entraîne dans l'habitacle. Les deux autres s'y engouffrent à leur tour, les portières claquent, la voiture démarre dans un crissement de pneus et disparaît à l'angle de la rue.

J'ai l'impression de vivre un cauchemar. Avec la pluie, la rue est déserte. Tout est allé si vite qu'à part moi, personne n'a été témoin de la scène. J'avance en boitillant et je ramasse une trousse, une chemise en plastique et deux bouquins que je range dans le sac récupéré dans le caniveau. Je m'immobilise : à mes pieds, se trouve le petit carnet qui m'intrigue tant. Sa couverture plastifiée est constellée d'infimes gouttelettes. Je l'essuie du plat de la main et le glisse dans la poche de mon blouson au lieu de le remettre dans le sac de Djamila.

Qu'est-ce que je dois faire ? Avertir les flics ? Je ne sais pas pourquoi, mais je préfère aller chez Hamid, je suis à une minute de chez lui. La douleur dans ma cheville s'atténue un peu et j'avance le plus vite possible. Je m'enfile les deux étages et je sonne à la porte de l'appartement. Un bruit discret derrière la porte. Je suppose qu'on vérifie mon identité à travers le judas. Le battant pivote et je découvre le visage soucieux de Mme Ghérouane. Elle doit se demander ce que je fous là.

— Bonjour Vincent ? Tout va bien, mon fils ?

Elle vient de remarquer que j'ai le sac de Djamila à l'épaule et se penche pour regarder derrière moi où se trouve sa nièce.

— Djamila n'est pas avec toi ? Et Hamid ?

Je ne sais pas comment lui expliquer ce qui vient de se passer. Elle ne me laisse pas le temps de réfléchir, me prend par le bras, m'entraîne à l'intérieur de l'appartement et referme la porte.

— Qu'est-ce qui se passe, Vincent ? Parle !

Du couloir où nous sommes, j'aperçois Nouria, la plus jeune de ses filles, qui travaille, assise à la table de la salle à manger. A cette heure-là, les deux grandes bossent dans un fast-food en ville. Nouria me fait un petit bonjour de la main. J'y réponds mécaniquement. J'ai du mal à soutenir le regard de Mme Ghérouane. Je recule un peu et lui fais signe de s'approcher puis je dis à voix basse, pour ne pas que Nouria entende :

— Djamila vient de se faire enlever par trois mecs en bagnole.

Les yeux de la mère d'Hamid s'arrondissent. Elle

plaque sa main sur la bouche et murmure quelque chose en arabe avant de me demander :

— Tu as vu qui c'était ?

Je hoche la tête. Je n'ose pas dire que je sais même d'où ils viennent… Je finis par lâcher :

— Ils viennent de Sergeny, de la cité des Rois. J'en ai reconnu deux.

— Ya Arebe !

Mme Ghérouane m'empoigne la main, et se met à pleurer. Je me sens complètement impuissant. Je la prends dans mes bras et la serre contre moi. Nouria s'est levée et s'est approchée. Elle nous regarde, affolée.

— Qu'est-ce qui se passe, maman ?

— Rien, ma fille. Retourne faire tes leçons.

Nouria s'exécute tout en nous lançant des coups d'œil en coin. Je conduis sa mère jusqu'au salon et je l'installe sur le canapé. Son visage dégouline de larmes. Elle a les traits marqués, usés par le travail, les soucis, les malheurs. Je sais que depuis la mort de son mari, elle se saigne aux quatre veines pour que ses enfants aient la meilleure éducation possible. Hamid n'en parle jamais, de ce père mort dans un accident du travail, il y a cinq ans. Depuis le départ de Magid, l'aîné, qui poursuit ses études à Toulouse, c'est Hamid qui l'assiste pour tout ce qui est important. Je demande :

— Vous savez où est Hamid ?

Elle parvient à répondre, la voix hachée par les sanglots :

— Non. Mais ce soir, il va rentrer tôt, pour le repas. On est vendredi. C'est sacré. On va l'attendre et lui dire...

— Vous voulez qu'on appelle la police ?

Elle me regarde, terrorisée :

— Non, surtout pas ! Il faut attendre Hamid, tu me promets ?

Je hoche la tête. C'est quoi, cette histoire ? Elle n'a pas l'air vraiment surprise que Djamila ait été enlevée. Elle a peur que la police soit mise au courant... Est-ce que c'est le type à qui on devait la marier de force qui a commandité son kidnapping ? Est-ce que c'est autre chose dont elle ne veut pas me parler ?

Elle s'excuse soudain, attrape le téléphone et se dirige vers sa chambre, me laissant seul avec Nouria. A peine sa mère s'y est-elle enfermée qu'elle me demande :

— Qu'est-ce qui se passe, Vincent ? C'est Djamila ? Elle a été enlevée ? Vrai ?

A quoi est-ce que ça servirait de mentir ? Je réponds oui. Elle me fixe, les yeux brillants.

— Moi, je sais pourquoi !

— Qu'est-ce que tu racontes ?

Nouria minaude et finit par dire :

— Djamila elle se cache parce qu'il y a des gens, chez elle, à Sergeny qui veulent lui faire du mal !

— Et comment tu sais ça, toi, elle te l'a raconté ?

— Non, Djamila elle dit jamais rien mais maman et Hamid, des fois ils parlent et je les ai entendus dire qu'ici, elle ne risque rien parce que personne sait qu'elle est là !

Apparemment, la cachette n'était pas si bonne que ça puisqu'ils ont réussi à retrouver sa trace. Je me garde du moindre commentaire. De la chambre, me parviennent des éclats de voix. Je regarde ma montre : cinq heures et demie. Dans une heure au plus Hamid sera là. Je suis bon pour tout lui raconter, cette fois. J'espère qu'ensuite on appellera les flics. Je me laisse aller sur le dossier de mon siège. Nouria m'observe en silence.

— Fais ton boulot, Nouria, tu seras tranquille ce week-end.

— C'est ce que me dit Hamid et lui, il attend toujours le dernier moment pour bosser. Vous êtes forts pour parler, vous les mecs !

Qu'est-ce que je peux répondre ? J'enfonce les mains dans la poche de mon blouson et je tombe sur le carnet de Djamila. Je le sors doucement. Je suis complètement excité. Et si je trouvais là-dedans la réponse à mes questions ? Nouria, boudeuse, se désintéresse de moi et écrit sur son cahier en étirant une langue interminable. Je sais que je commets une indiscrétion mais je ne peux pas m'en empêcher : je l'ouvre. Les premières pages, apparemment une bonne dizaine, ont visiblement été arrachées avec violence, comme en témoigne l'épaisse dentelle de papier déchiré restée accrochée près de la reliure. Je le parcours en diagonale. Les vingt feuillets qui suivent sont couverts d'une écriture rapide, parfois tremblée mais très lisible. Un dernier coup d'œil à Nouria et je commence ma lecture.

CHAPITRE 9

Tu sais que si tu ne parles pas, tu vas exploser. Mais tu ne peux pas parler. Tu n'en as pas le droit. Alors tu vas écrire. Chaque fois que tu en auras besoin. En désordre. Peu importe comment ça vient, ce qui compte, c'est écrire. Tu auras toujours ce petit carnet avec toi pour pouvoir y vomir en silence, sans déranger personne.

Ta poubelle en quelque sorte.

Depuis deux jours que tu es à Poitiers, tu t'efforces d'oublier, mais tu ne peux pas. Ça te revient comme des élancements douloureux, des brûlures. Ce sont des images morcelées, des éclats de toi qui te font mal, piqués dans ta cervelle, impossibles à arracher.

Il te semble que tu n'as plus rien à partager avec ceux qui t'entourent. Ils vivent dans un monde qui ne t'appartient plus. Tu aimerais être simple, gentille avec eux. Tu ne peux pas. Ils sont si naïfs. Ils n'ont pas encore eu le temps de devenir sales. Ils n'ont pas encore eu le temps de perdre confiance.

***

Tu aimes te souvenir de ça...

Il est une heure quinze à l'horloge lumineuse du tableau de bord. La golf GTI se gare sur le parking désert. Ultime ronflement de moteur pour la frime, phares qui s'éteignent, portières qui claquent. Derrière, la cité se détache en angles durs, comme découpée à la cisaille sur la toile noire de la nuit.

Quatre silhouettes s'approchent les unes des autres en titubant un peu. Ils parlent fort, ils rient. Tu sais d'où ils viennent : le Rony's, un bowling où ils passent toutes leurs soirées à boire et à draguer les filles du coin. Toi-même au début, tu y as traîné pas mal de temps en leur compagnie. Ils ne soupçonnent pas ta présence et n'ont pas un regard pour la voiture dans laquelle tu te dissimules, à l'abri sur les sièges arrière. Comment pourraient-ils te voir d'ailleurs ? Tu portes des vêtements noirs, comme si tu étais en deuil, le parking est obscur, noyé dans les ombres. Seul un réverbère fonctionne encore, là où ils se sont rassemblés. Les mômes du quartier ont si souvent dégommé les autres à coups de pierres que la municipalité a renoncé à les faire réparer.

Tu t'avances avec précaution vers la vitre pour mieux les observer. Tu es suffisamment près d'eux pour reconnaître Dom La teigne, cheveux roux, faciès de fouine, qui porte une canette de bière à ses lèvres puis la jette négligemment sur le sol, Mouss, de dos, qui balance ses épaules de catcheur et se dandine sur place. Nico, complètement allumé comme d'habitude, les yeux à moitié fermés, les lèvres agitées de tics, tourne sur lui-même en agitant les bras. Il fait l'avion. Eric joue avec les clés de sa bagnole. Il s'amuse à boucler et à ouvrir les portières avec la commande à distance. A chaque pression de son pouce, les veilleuses de la golf s'allument et teintent brièvement leurs visages de reflets jaunes et orange.

La teigne n'a pas le temps de réagir quand un homme encapuchonné surgit de derrière une voiture et l'étend net d'un coup de batte de base-ball. Mouss se jette sur leur agresseur comme un forcené et le saisit à la gorge. Quatre silhouettes encagoulées jaillissent à leur tour, armées de bâtons et de gourdins et se mettent à frapper férocement les trois hommes encore debout. Mouss reçoit un méchant coup à l'arrière du crâne, tombe comme une masse et ne bouge plus, ce qui ne retient pas l'autre de continuer à le rouer de coups. Tu vois Nico sortir son couteau à cran d'arrêt de la poche de son blouson. Un moulinet l'envoie à terre, un pied écrase sauvagement sa main. La douleur lui fait lâcher son arme. Il roule sur lui-même et tente de mordre la jambe de son assaillant qui, furieux, abat de toutes ses forces son gourdin sur sa nuque. Un jet noir gicle du nez de Nico qui s'étale. Il est agité de soubresauts puis se calme, comme s'il s'endormait.

Eric est à terre, toujours conscient. Il est assis sur les fesses et se tient la tête. Le sang dégouline entre ses doigts. On le relève sans ménagement et on le traîne jusqu'à la voiture où tu te caches. Sa face s'écrase sur la vitre avec un bruit sourd, y laissant une traînée rouge mêlée de morve et de bave. Il grimace de douleur quand ceux qui l'immobilisent tirent ses cheveux en arrière pour qu'il regarde dans ta direction. Tu allumes la veilleuse de l'habitacle et tu t'avances un peu. Il a un haut-le-corps quand il te reconnaît. Si tu poussais encore la tête de quelques centimètres en avant, tes lèvres seraient exactement en face des siennes, comme pour lui donner un baiser. Quand tu craches, il a un mouvement de recul. Tu penses que c'est absurde parce que tu ne peux pas l'atteindre. Tu fixes la coulée de salive qui dégouline lentement le long de la vitre. Il dit quelque chose que tu ne comprends pas. Les autres l'entraînent. Il rue et se débat tandis qu'une grêle de coups s'abat sur lui. Quand il est revenu à de meilleures dispositions, les hommes masqués le forcent à s'agenouiller. Le plus grand des cinq lève son bâton et l'abat de toutes ses forces dans son dos. La portière est fermée et pourtant tu as entendu son cri et aussi un bruit sourd d'os qui se brisent. Il roule à terre, évanoui. Ses bourreaux l'abandonnent. Un des quatre hommes se glisse à l'avant de la voiture et la fait démarrer, un autre vient s'asseoir à côté de toi. Les trois derniers disparaissent dans l'obscurité après avoir fourré leurs armes dans le coffre.

Maintenant, vous roulez calmement sur l'avenue. Tes deux compagnons se sont débarrassés de leurs cagoules. Le chauffeur est silencieux. Il finit par dire :

— Je crois que pour Nico, c'est fini. J'ai cogné trop fort. Heureusement qu'on a des alibis en béton...

Ton voisin se tait. Il est si près de toi que tu peux sentir son odeur de sueur. Le chauffeur reprend :

— Tout a marché exactement comme prévu. Maintenant, on file vers Roissy. Ton avion décolle dans une heure. Tu vas essayer d'oublier tout ça. Tu recommences à zéro.

Tu ne réponds rien, tu te recroquevilles, tu as envie de vomir. Nico a été effacé, net et sans bavures : une sale mort pour une sale vie. Mouss, La teigne et Eric ont été tabassés. Ils méritaient pire. Ils s'en relèveront. Et toi ? Qu'est-ce qu'il reste de toi ?

Les lumières du périph effacent la nuit. La voiture prend de la vitesse et t'emporte. Demain, tu seras loin.

Pour longtemps.

***

La première fois.

Il était avec d'autres garçons que tu connaissais. Il t'a plu. Tout de suite. Parce qu'il était beau. Parce qu'il t'a fait comprendre qu'il te trouvait belle. Vous vous êtes revus très vite. Au Rony's où tu étais allé avec des copines ; tu savais qu'il s'y trouvait tous les soirs. Mourad faisait la gueule. Il t'avait dit qu'il trempait dans tout un tas de combines louches, que ses copains étaient des vrais pourris. Tu t'en foutais. Si tu l'aimais lui, ses copains, tu les aimerais aussi. Quoi qu'ils fassent.

J'interromps ma lecture. Qu'est-ce que c'est que ces histoires ? C'est un roman qu'elle est en train d'écrire ou bien des souvenirs réels ? Mourad, il existe vraiment, Dom La teigne et Mouss aussi ; j'aurais préféré qu'ils soient le produit de son imagination. Je n'ai pas le temps de m'appesantir davantage sur ce que je viens de lire. La porte claque, j'entends la voix d'Hamid. Je remets en vitesse le calepin dans ma poche. Il entre dans le salon et s'arrête net quand il me voit.

— Qu'est-ce que tu fous là ?

Je n'ai pas besoin de répondre, sa mère qui a

entendu la voix de son fils, sort de la chambre et se met à lui parler à la cadence d'une mitraillette. Son visage se creuse tandis qu'elle le met au courant de l'enlèvement de Djamila. Nouria les écoute sans en perdre une miette. Quand Mme Ghérouane a fini, il me demande :

— Comment ça se fait que t'étais là, toi, quand elle a été enlevée ? Tu la suivais ?

Ça ne servirait à rien que je lui mente. Je dis :

— J'ai vu un mec la prendre en chasse à la sortie du bahut. J'ai trouvé ça bizarre et je les ai suivis. Une bagnole est arrivée et deux types en sont sortis. Ils ont entraîné Djamila à l'intérieur et ils se sont tirés.

— C'est des mecs d'ici ?

— Non, de Sergeny. Un petit roux, avec une tête de rongeur et un costaud, bâti comme un boxeur.

Visiblement, Hamid n'arrive pas à y croire. Il aspire comme s'il manquait d'air et devient encore plus pâle.

— La teigne et Mouss… Comment tu les connais ?

J'ai reconnu les noms que j'ai lus dans le carnet. Maintenant, je n'ai plus aucun doute : rien n'est inventé. Je baisse le nez sur mes chaussures, comme un gamin pris en faute. Il répète :

— Comment tu les connais ? Magne-toi !

Je n'ai pas envie de lui raconter mon expédition à Sergeny devant tout le monde. Je l'agrippe par le bras et, après un mot d'excuse pour Mme Ghérouane, je l'entraîne hors de l'appartement. Tout en descendant l'escalier, je commence mon récit. Il m'écoute, les traits figés par la colère. On sort. La pluie est plus forte que tout à l'heure et ruisselle sur mon visage. Ça me fait du bien, je crève de chaud. Quand je lui explique que j'ai vu les deux mecs me mater, en bas d'un immeuble, cité des Rois, il perd les pédales et m'interrompt :

— Tu comprends pas que c'est eux qui ont écrasé Mourad ! Ils t'ont repéré et ils l'ont éliminé pour qu'il dise à personne qu'il t'avait rencontré.

Ma respiration se bloque, j'ai mal au bide. Je m'immobilise. Hamid continue de marcher. Il se rend compte que j'ai décroché et m'attend. Ça ne tient pas debout ! Pourquoi éliminer Mourad ? Parce qu'il m'a parlé ? Qu'est-ce que je peux bien représenter pour eux ? Je balbutie :

— Qu'est-ce qu'ils avaient contre lui, contre moi ?

— Contre lui ? Pas mal de trucs. Contre toi ? Rien. T'es pas plus qu'un pet de mouche pour eux. (Il se tait puis reprend.) Ils cherchaient Djamila. Et grâce à toi, ils l'ont retrouvée.

Je me cabre aussitôt.

— C'est impossible ! Ils ne m'ont pas adressé la parole. Ils ne se sont pas approchés pour écouter notre conversation. Ils ne pouvaient pas savoir d'où je venais. Ce n'est pas écrit sur ma tronche que j'habite Poitiers… Et admettons qu'ils l'aient su, ça ne leur disait pas que je la connaissais ni où se trouvait Djamila. En plus, je suis sûr qu'ils m'ont pas suivi ! Si c'est eux qui ont écrasé Mourad, ils sont complètement cons ! Ils auraient mieux fait de l'enlever et de l'interroger.

Hamid se tait et réfléchit. Mes arguments ont l'air de porter. J'ajoute :

— Je croyais que tout le monde savait, cité des Rois, que Djamila était venue ici…

Il secoue la tête.

— Personne ne le savait. Pour la cité, elle était partie en Algérie se marier avec un type du bled… En fait, elle est vraiment partie en Algérie, dans la famille. Elle n'est revenue en France que la semaine dernière.

Cette histoire devient décidément de plus en plus tordue. Je me risque à demander :

— Alors c'est pas le type qui devait se marier avec elle qui l'a fait enlever ? Mourad m'a dit qu'elle était venue à Poitiers parce qu'elle et son père, ça ne marchait plus et…

J'ai du mal à poursuivre. Hamid me contemple avec mépris. J'encaisse son regard avec difficulté. C'est la première fois que je le sens sur le point de me balancer sa main dans la figure.

— Il y a jamais eu de type qui devait se marier

avec elle. Mourad, il t'a raconté des conneries pour que tu foutes la paix à Djamila. T'avais pas à aller là-bas, c'était pas tes oignons ! Je suis sûr qu'il allait m'appeler en revenant de la gare. Il en a pas eu le temps. Comment ils ont pu savoir que Djamila était ici ? T'as parlé à personne là-bas, t'es sûr ?

Il commence à me taper sur le système avec ses questions. Je suis sur le point de gueuler « NON » mais je me souviens. Je sens le sang déserter mon visage et je m'agrippe à lui.

— Qu'est-ce que t'as ?

Je me sens nul, minable, à jeter. La baffe, je sens que je vais me la manger. Je dis :

— La fille…

— Quelle fille ?

— A la gare de Sergeny, il y a une fille qui m'a demandé du feu…

Hamid me coupe brutalement :

— Belle, la fille ?

J'acquiesce. Il éclate de rire, un rire furieux, un rire pas complice du tout et me fait signe de continuer.

— On n'a parlé que cinq minutes ensemble. Elle m'a dit qu'elle aurait bien aimé me revoir. Après, elle m'a demandé si j'étais du coin. J'ai dit que non, que j'étais de Poitiers…

Je n'ose plus continuer. Il vrille ses yeux dans les miens.

— Et ?…

— Et elle m'a dit qu'elle avait une copine à elle qui y avait déménagé. Comme un con, j'ai demandé si elle ne s'appelait pas Djamila Ghérouane…

— T'as raison ! Quel con mais quel con ! Putain de putain de bordel de merde ! Tu t'es fait baiser la gueule ! Tu sais qui c'est, cette gonzesse ?

— Non, elle m'a filé un faux numéro ?

— Parce que vous avez échangé vos numéros de téléphone ?

— Ben ouais.

Il me fixe comme si j'étais un demeuré.

— Et tu lui as dit quoi, encore ?

— Je sais plus trop. Que j'étais dans un bahut, que je faisais de la natation.

— Et tout ça en cinq minutes ? Elle est vraiment balèze, cette meuf. Et toi t'es vraiment un connard de première. Elle t'a tiré les vers du nez en beauté ! C'est pas la peine de chercher plus loin, c'est pas pour tes beaux yeux qu'elle t'a abordé, pauvre cloche… c'est parce qu'on lui avait demandé de le faire. Elle a dû bien se marrer avec La teigne et Mouss ! Ils ont pas mis longtemps à comprendre que t'étais pas dangereux. C'est pour ça qu'ils t'ont pas fait la peau. T'es pas de taille avec des mecs pareils. Après, c'est un vrai jeu d'enfant ! Avec le numéro de téléphone, ils connaissent l'adresse du gogol et avec l'adresse et une carte de la ville, c'est pas dur de savoir dans quel bahut il va. Et comme le naïf il connaît Djamila et qu'elle est en term', l'affaire est dans le sac. Merci Vincent, mon frère ! Grâce à toi, mon pote Mourad est à l'hosto, en petits morceaux, et Djamila…

Sa voix s'est brisée. Dans ma poitrine, ça se contracte, ça se resserre, ça me fait mal à hurler.

— Qu'est-ce qu'ils vont lui faire à Djamila ?

Il hésite à répondre.

— Des saloperies, tu peux en être sûr ! Il faut que je monte à Sergeny fissa. Il faut que je la sorte de leurs pattes !

— On ne ferait pas mieux d'appeler les keufs ?

— Laisse les keufs en dehors de ça ! T'as pas toutes les cartes, il faut régler cette histoire sans eux.

Hamid commence à tourner en rond. Ses sourcils tracent une barre noire et luisante sur son front. Il réagit comme sa mère. Pas de flics ! Je viens de comprendre que j'ai foutu les pieds dans une histoire beaucoup plus pourrie que je ne l'imaginais. Et c'est moi qui suis responsable de toute cette merde. Je saisis Hamid par le bras et je lui dis :

— Je sais à qui on peut demander.

— A qui ?

— A Jérôme. Il a une bagnole. Il est chez lui ce week-end et il a rien de prévu.

Hamid n'a pas attendu la fin de ma phrase. Il court vers l'immeuble. Je le suis. On monte les escaliers quatre à quatre. Il entre dans l'appartement et se précipite sur le téléphone. Mme Ghérouane est toujours en train de pleurer sur le canapé.

Hamid ne se perd pas en détails.

— Allô, Jérôme ? Salut. J'ai besoin de toi. Ouais, c'est grave. Vraiment. Peut-être même dangereux. Je peux pas te raconter maintenant mais ça urge : il faut aller à Paris et comme t'as une bagnole... T'arrives ? D'ac, je t'expliquerai en chemin.

Il repose le combiné.

— Jérôme et moi on va partir pour Sergeny. J'ai des potes là-bas, je les joindrai sur leur portable. J'espère qu'ils pourront nous rencarder sur l'endroit où les ordures qui ont embarqué Djam sont allés la planquer. Ils ont une heure d'avance, c'est tout.

— Je pars avec vous.

— Tu crois pas que t'as fait assez de conneries comme ça ?

— Justement. Il faut que je les répare. T'as pas le droit de m'en empêcher.

Hamid me soupèse du regard. Un mètre quatre-vingts, soixante-quinze kilos, et suffisamment de honte et de colère maintenant pour ne pas me dégonfler.

— Les mecs de la cité, c'est des méchants, des vrais.

— Je m'en fous.

— O.K. Téléphone à tes parents si tu veux, on n'est pas rentrés…

J'appelle à la maison. Je tombe sur mon père. Je me lance dans un discours embrouillé dans lequel je lui explique qu'on doit monter à Sergeny avec Hamid et Jérôme pour négocier d'urgence un projet de concert super important. Il râle un peu mais comme je le mets devant le fait accompli, il cède, me dit de faire attention et me souhaite bon voyage.

Hamid disparaît dans sa chambre avec le téléphone. Sa mère s'affaire dans la cuisine avec Nouria. Je regagne le canapé et je me ronge les ongles.

Dix minutes plus tard, Jérôme sonne à l'interphone. Hamid lui dit qu'on descend. Mme Ghérouane me met dans les mains un sac rempli de sandwichs, de gâteaux, de boissons fraîches. Elle donne à Hamid une Thermos pleine de café. Il la glisse dans un sac qu'il porte à l'épaule et nous descendons. La 306 de Jérôme ronronne sur le trottoir, codes allumés. Les essuie-glaces effacent consciencieusement la poussière d'eau qui ne cesse de nous dégringoler dessus. J'aperçois la masse énorme de notre copain tassée sur le siège du conducteur. Il descend, on se serre la main. Il ne fait aucun commentaire devant nos gueules d'enterrement et lance une plaisanterie à Nouria. Mme Ghérouane embrasse Hamid puis elle me prend dans ses bras et me dit à l'oreille :

— Faites attention. Tu sais Vincent, je n'ai plus que mes enfants pour vivre. Ramenez Djamila. Arebe hi aftec.

Que Dieu vous protège... On va en avoir besoin. Hamid monte à l'avant, moi à l'arrière. Jérôme démarre. Je me retourne. Dans la lunette, derrière nous, je vois disparaître les silhouettes de Nouria et de sa mère.

La voiture descend porte de Paris, rejoint la nationale 10 et fonce jusqu'à ce que nous apercevions les pancartes indiquant l'entrée de l'autoroute. On bifurque sur la droite. La chaussée est luisante et nous renvoie un chuintement mouillé. Deux minutes plus tard, Jérôme s'arrête au péage et prend un ticket. Personne ne parle. J'ai pour seul horizon la nuque massive de Jérôme et celle, plus fine, plus souple, presque féminine d'Hamid. Je laisse mes yeux se perdre dans la lumière verte du tableau de bord. L'aiguille du compteur progresse avec régularité : 100, 110, 120. A 130, elle se stabilise. Jérôme se cale confortablement sur son siège, tourne la tête vers Hamid et lui dit :

— Et maintenant, si tu me racontais tout ?

CHAPITRE 10

La nuit tombe, bleue, brouillée par la pluie. Hamid fixe la route. Elle s'étire comme un ruban de ciel obscur, étoilé par les feux arrière des voitures qui nous précèdent.

— Djamila s'est fait enlever par des mecs de Sergeny.

Il s'interrompt pour se racler la gorge.

— En fait, personne à part Mourad et ses parents savait qu'elle était chez nous et si Vincent avait pas joué au con….

Je me fais tout petit quand il explique comment Mouss et La teigne ont procédé pour retrouver la trace de Djamila. Jérôme tourne la tête vers lui.

— Ça ne nous dit pas pourquoi ta cousine a dû partir de Sergeny. Qu'est-ce qu'ils lui veulent, ces mecs ?

Hamid hésite puis laisse tomber :

— Ils veulent lui faire payer qu'un de leurs potes est mort et que l'autre est dans un fauteuil roulant.

J'ai du mal à déglutir. Nico et Eric, les deux mecs

du carnet, ceux qui se sont fait mettre en pièces sous les yeux de Djamila. Jérôme éclate :

— Tu veux pas me faire croire que Djamila est responsable de ça ?

— Non, pas elle. Mourad, trois potes et moi.

— Toi ! Tu veux dire que t'as tué un mec ?

— Pas moi. J'ai juste éclaté la mâchoire d'un connard et je me suis pris un pain. C'est Mourad. Il voulait pas le faire, je te jure. Juste l'abîmer. Il s'appelait Nico, un vrai taré, sous speed 24 heures sur 24. Il a sorti une lame et il a voulu le planter. Mourad a disjoncté : il a tapé trop fort, au mauvais endroit. Il lui a pété la nuque. Clac !

Jérôme se passe la main dans les cheveux et les ébouriffe. Je le sens mauvais. Il dit :

— Si tu reprenais tout dans l'ordre, putain. Pourquoi vous les avez explosés ces mecs ?

Dans la voiture, l'air est chaud, si épais que j'ai l'impression qu'il suffirait d'ouvrir et refermer la bouche pour le mâcher et le sentir gicler sous les dents. Je vois le profil d'Hamid, son nez busqué, ses cils interminables qui se découpent en ombre chinoise. On ne dit rien, on attend. Il parle enfin, si bas que ses paroles se noient presque dans le ronronnement du moteur :

— Djamila s'est fait tourner.

— S'est fait tourner quoi ? demande Jérôme ahuri.

Moi, j'ai compris. J'ai compris pourquoi sa violence, sa dureté, ses sourires de convalescente. Je suis un vrai con…

— Elle s'est fait tourner ! Une tournante ! Tu sais pas ce que c'est ? Tu regardes pas la télé ?

Hamid parle avec colère, avec honte. Il a honte pour Djamila, pour lui, pour toute sa famille. Je commence à entrevoir ce qui s'est passé mais déjà, la voix d'Hamid s'élève à nouveau :

— Mourad, il était amoureux de Djamila depuis qu'ils étaient tout gosses. Pour elle, c'était juste le bon copain qu'on connaît depuis toujours et à qui on peut tout raconter, même ses histoires d'amour. L'an dernier, Djam est tombée raide d'un mec, Eric Revoux, un petit caïd plein de pognon avec une bagnole de branleur et des copains aux gros bras. Je comprends pas pourquoi Djam a flashé sur lui… Il avait une belle gueule, il parlait bien mais tout le monde savait qu'il était vraiment pas net et que son fric, il puait.

— La dope ? j'ai demandé.

— Pas seulement. Le cul. Eric, il servait de rabatteur pour des mecs qui font des films porno amateurs.

— Tu veux dire…

— Ouais. Il était connu. Mourad m'a tout raconté. Son truc, c'était de lever des jolies petites nanas, et quand elles étaient bien accros, de les convaincre de tourner dans des productions minables pour 500 ou 1 000 balles la scène, selon ce qu'elles acceptaient de faire. Tu peux pas imaginer le nombre de filles pour qui une somme pareille, c'est le jackpot intégral.

Quand je pense au nombre de films de cul qu'on s'est envoyés entre copains sans chercher à savoir ce qui avait poussé les meufs qui y tournaient à accepter ! Enfin, je suppose que les pornos d'Eric, ça ne doit rien avoir affaire avec les superproductions qu'affectionne Jérôme : décor choisi, filles bronzées, refaites sur mesure à grand renfort de silicone et d'injection de collagène… Jolis décors, capotes obligatoires et bonne conscience pour tout le monde. Hamid poursuit :

— Eric, sa spécialité, c'était les filles de banlieue, les petites prolos du sexe persuadées qu'elles allaient devenir des stars qui iraient se balader sur les plateaux de toutes les émissions à la con de la télé. Des paumées, recrutées dans sa piaule à coups de reins, de sentiments, de promesses et de billets de mille. Il devait se faire vingt fois la culbute dans ses combines : une caméra, un pieu, un ou deux mecs et ça te met dans la boîte cinq heures de film bien tassées. Avec ça, tu fais quatre cassettes et basta ! En fait de paillettes et de studios-télé, les poulettes, il les transformait en sacs à foutre avant de les bazarder. Y en a pas une qui a fait carrière ou alors Mourad a jamais su. Djamila, elle voulait rien entendre, elle disait que c'était des saloperies qu'on inventait sur lui. Jusqu'au jour… Jusqu'au jour où il lui a proposé à elle aussi de faire un bout d'essai, comme ça, pour lui. Un joli souvenir sympa pour ses vieux jours. Trois fois rien, une vidéo où elle serait toute seule ou si elle préférait avec un de ses copains. Elle avait que l'embarras du choix : La teigne, Mouss, Nico, ou n'importe lequel qu'on pouvait aller chercher… Ça se passait chez lui, dans son appart d'un immeuble de la cité. Elle lui a foutu une baffe, devant tous ses copains. Une baffe à lui, le caïd, le cerveau de la bande, le mâle en chef ! Il l'a cognée. Il lui a éclaté la gueule et quand ses nerfs ont été calmés, ils l'ont descendue dans la cave. Eric l'a violée devant les autres. Ensuite, il les a lâchés dessus. Pendant qu'ils se la tapaient, il a tout filmé. Ils ont attendu la nuit, ils l'ont remontée dans la rue, ils l'ont balancée sur une pelouse et ils se sont barrés.

Elle a été retrouvée par des gamins du quartier qui sont allés avertir ses parents. Ils l'ont ramenée chez eux. Les vieux avaient la trouille. Mouss avait téléphoné pour dire que s'ils disaient quoi que ce soit aux flics, ils leur feraient la peau, à elle et à toute sa famille. Djamila était amochée mais elle a récupéré rapidement. Elle refusait de parler, de voir ses copains, mangeait à peine et passait son temps à dormir. Il n'y avait que la compagnie de Mourad qu'elle acceptait. Lui, il était fou. Il avait décidé qu'il ferait payer à Eric ses saloperies mais il savait que tant que Djamila était à Sergeny, c'était trop dangereux. Il a commencé par racheter la cassette qu'Eric avait tournée. Il y a des amateurs pour ce genre de film et Eric aurait fini par la vendre, d'autant qu'ils avaient pris soin de tous se masquer pendant le viol. En échange de 50 000 balles, il l'a détruite devant Mourad. Pour être sûr que c'était la bonne, Mourad a dû regarder le début. Il a pété les plombs et a failli lui tomber dessus. C'était encore trop tôt. Quand Djam a dit qu'elle voulait plus rester en France mais aller en Algérie, ça nous a sciés. Jamais on l'aurait imaginée partir là-bas. En tout cas, Mourad a su que le moment était venu. Pour qu'aucun de ses copains ne soit mouillé, il a demandé à des potes qui vivaient loin de Sergeny de lui filer un coup de main : deux mecs de Roubaix, un de Belleville et moi. On s'est retrouvés un samedi à Paris. Le soir, on a attendu Eric, Mouss, Nico et La teigne. Mourad les surveillait depuis des semaines : ils étaient réglés comme du papier à musique. On a dissimulé Djamila dans une voiture, parce qu'elle voulait tout voir et on s'est planqués sur leur parking. Quand ils sont arrivés, on les a massacrés bien comme il faut. Avec plaisir, vous pouvez pas savoir. Ensuite, on a conduit Djam à l'aéroport, on a largué dans Paris la bagnole que Mourad avait « empruntée » et on est repartis chez nous par le train. Mourad a rejoint une fête en Seine-Saint-Denis et il y avait au moins cinquante personnes pour dire qu'il ne les avait pas quittées de la soirée. Ça avait marché comme sur des roulettes : pas de traces, pas de témoins, pas de mobiles officiels. Au cours de la nuit, les flics les ont ramassés sur le parking. Un appel anonyme. La teigne avait la mâchoire fracturée, la tête de Mouss avait doublé de volume, Eric avait la colonne vertébrale brisée en plusieurs endroits et Nico était mort.

Il y a eu une enquête qui n'a rien donné. La cité s'est fermée comme une huître et les trois connards ont joué les naïfs. Les schmits ont conclu à un règlement de comptes entre dealers et ça s'est arrêté là. Dans la cité, la bande d'Eric filait doux. Lui, il était dans un centre de rééducation, dans une petite voiture à roulettes, paralysé à partir de la taille. Pas facile de jouer au chef quand on n'a plus sa queue ni ses jambes pour se faire respecter. On se doutait bien qu'il devait continuer à contrôler ses troupes mais on l'avait pas mal calmé. Tout aurait été définitivement réglé si Djam n'avait pas eu le mal du pays. Au bout de trois mois en Algérie, elle flippait comme une malade. Finalement, elle s'était rendu compte que chez elle, c'est ici, en France. Elle voulait revenir. C'était impossible qu'elle retourne à

Sergeny. Ma mère a proposé qu'elle vienne chez nous. On est allés la chercher discrètement à Roissy. Personne ne pourrait penser à venir la chercher à Poitiers, puisqu'on savait qu'elle était en Algérie. Sauf que Mouss et La teigne surveillaient Mourad de près et que l'arrivée de Vincent leur a mis la puce à l'oreille. Ils lui ont envoyé un sous-marin femelle et ils ont remonté sa trace... La suite, vous la connaissez.

— Et à ton avis, ils vont faire quoi d'elle ? demande Jérôme.

— La planquer quelque part et la violer, la torturer. Je sais pas. Ils sont capables de n'importe quoi, c'est des salauds. Ils savent que de toute façon on n'appellera pas les flics parce que Nico est mort et qu'à cause de ça, Mourad peut se retrouver en taule. Par contre, je suis quasiment sûr qu'ils ne toucheront pas à elle tant qu'ils ne l'auront pas remise à Eric.

Quasiment sûr... J'espère qu'il ne se plante pas. Une veine se met à battre furieusement sur ma tempe. J'ai la vision de Djamila battue, bleue de coups, morte, jetée dans un fossé. Des souvenirs de faits-divers, de films, de romans noirs me contaminent la tête, me font imaginer le pire. Sauf que là, ce n'est pas un roman, c'est la putain de réalité.

— On peut faire quoi, alors ?

Hamid a visiblement arrêté un plan car il répond aussitôt :

— Il faut pas qu'on nous voie cité des Rois. J'ai téléphoné à des copains qui nous attendront devant la gare de Sergeny. Ils sont en train d'essayer de récupérer des tuyaux sur l'endroit où ils ont emmené Djam. Je suis sûr qu'ils ne sont pas allés très loin. Ces mecs-là, tu les éloignes de leur patelin et ils sont plus rien. On va aller à l'hôpital où Mourad a été conduit. Je me ferai passer pour son frère ou son cousin et je me débrouillerai pour lui parler et lui demander des tuyaux. Il aura des idées, c'est sûr. Il connaît tout le monde, il a ses réseaux. Quand on aura localisé Djam, on va y aller. Et là, les mecs, il va y avoir du sport. Vous êtes sûrs que vous vous sentez prêts ?

Il tourne la tête vers moi. Je sens mon visage rougir et se couvrir d'une pellicule de sueur. Je sais ce qu'il se demande. Avec Jérôme, il n'a même pas à se poser la question. C'est un rouleau compresseur. Il peut éclater n'importe qui. Sans se forcer. Mais moi ? Hamid a peur que je me dégonfle, que je cale au dernier moment, surtout s'il y a du danger. Il sait que je ne suis pas un dur, que je n'ai pas l'habitude de me battre. Ça m'est arrivé deux ou trois fois et encore, parce que je ne pouvais pas faire autrement. Et c'était pas contre des dingues, des mecs qui peuvent tabasser une fille ou rouler en bagnole sur un type sans que ça leur pose le plus petit problème de conscience.

Sauf que là, j'ai la haine, une haine qui m'épuise et que je dois expulser sinon elle va me bouffer tout entier. J'ai un tombereau de fumier dans la tête, un énorme tas puant qui m'asphyxie, me donne envie de gerber.

Djamila cognée, Djamila violée par des types rigolards, qui immortalisent leur saloperie sur la pellicule, qui n'en sont sans doute pas à leur premier viol. Djamila balancée par terre comme un paquet de linge sale. Djamila à qui on impose le silence par la peur. Djamila à qui ils veulent sûrement faire subir la même chose avant…

Avant quoi ? Avant de la tuer ?

Et c'est moi qui l'ai foutue dans leurs pattes ! Jusqu'ici, j'étais sous le choc, comme anesthésié par la surprise. Mais depuis un moment, ça me revient sans cesse dans la gueule. Une vilaine voix de crécelle qui me chuchote à l'oreille : *c'est ta faute, c'est ta faute, c'est ta faute…*

Je me contente de lui faire écho.

— C'est de ma faute, Hamid. J'ai pas le droit de me planter une deuxième fois.

Il a la gentillesse de ne pas épiloguer et hoche la tête. Ensuite, il téléphone depuis un mobile qu'il a sorti de sa poche à ses copains de Sergeny. Conversation en arabe, dans laquelle je ne reconnais que des prénoms, des noms de lieux et qui me renvoie un peu plus encore à ma solitude.

Jérôme conduit, silencieux, minéral. Je ne peux pas m'ôter le visage de Djamila de l'esprit. Je voulais l'aider. Sincèrement l'aider. Me libérer de la culpabilité que j'éprouve depuis la mort de So... C'est réussi.

Dehors, la nuit nous assiège. Les phares de la voiture creusent un tunnel de lumière dans lequel notre chauffeur s'engouffre avec résolution. Sur le côté, les rambardes de métal ondulent, serpents gris agités de longs mouvements de reptation. A la vitesse à laquelle nous roulons, dans deux heures on sera à destination. Et j'ai peur. J'ai peur de ce qu'on va trouver là-bas. Je me renfonce dans mon siège et je me laisse aller à ma honte, à ma colère. A mes remords.

CHAPITRE 11

Il fait trop chaud. Le ronron régulier du moteur m'endort un peu. Je suis crevé, démoralisé, abattu par les événements. J'ai envie de pisser aussi mais je ne dis rien. Dans trois quarts d'heure on sera à Sergeny, on n'a pas de temps à perdre. Malgré la pluie qui redouble de violence, Jérôme ne ralentit pas. Je me demande ce qu'il peut bien voir à travers ce déluge. La vitesse plaque sur le pare-brise une membrane d'eau, translucide et molle, qui s'étire en tentacules tremblotants et que les essuie-glaces ont toutes les peines du monde à éliminer. Hamid se tourne vers Jérôme.

— Prends la prochaine sortie. A cette heure-là, un vendredi soir, l'autoroute est complètement bloquée. Il vaut mieux emprunter les départementales, en kilomètres, c'est plus long mais en temps, beaucoup plus rapide. Avec un peu de bol, ça va nous permettre de grignoter des paquets de minutes sur eux et pour peu qu'il y ait eu un carton quelque part, on les pêche en arrivant.

Jérôme acquiesce. Bientôt, nous roulons sur une

petite route de campagne sombre et déserte. J'essaie de ne pas penser à Djamila mais je n'y parviens pas, je ne peux que ressasser les mêmes idées. J'espère qu'elle m'a vu avant d'être embarquée par Mouss et La teigne et qu'elle sait qu'on ne reste pas à attendre. Ce qui est moins rassurant, c'est que les autres m'ont sans doute vu aussi. Visiblement, ils s'en foutaient. Ils n'ont pas cherché à m'embarquer moi aussi. *T'es pas plus qu'un pet de mouche pour eux*, m'a dit Hamid. C'est sûrement vrai. Et si, quand ils ont enlevé Djamila, je ne m'étais pas cassé la gueule, qu'est-ce que j'aurais fait, seul contre ces trois fondus ? Et si je m'étais plus ou moins involontairement ramassé pour ne pas avoir à me battre avec eux ? Si je n'étais qu'un foutu lâche, dans le fond, bien soulagé d'avoir évité la branlée de sa vie ?

Qu'est-ce que Valérie pensera de moi quand je lui raconterai ce qui s'est passé ?

Si je suis là pour le lui raconter... Le sentiment que je pourrais y laisser ma peau m'envahit soudain. Aigu. Atroce. Les mecs en face ont un de leurs copains qui s'est fait massacrer dans l'affaire. Ils ne nous feront pas de cadeau et tireront à vue. Je me raidis. J'ai la trouille, je sue, ma gorge est tellement serrée que si je voulais parler, je devrais m'y reprendre à deux ou trois fois pour articuler une phrase compréhensible. Ces enfoirés sont des violeurs, peut-être même des assassins et c'est à eux qu'il faut arracher Djamila avant qu'il ne soit trop tard ! Je regarde mes copains. Ils sont imperturbables. Hamid continue à guider Jérôme à travers un labyrinthe de petites routes. Il connaît visiblement le coin comme sa poche. Pourtant, il avait quatorze ans quand il a quitté Sergeny. Il faut croire qu'il se balade pas mal avec ses potes quand il revient par ici.

Si j'osais, je lui dirais d'appeler les flics tout de suite, parce que partie comme elle est, cette histoire va se terminer en catastrophe, j'en ai la certitude. Je me retiens d'ouvrir la bouche. Tel que je le connais, Hamid demanderait à Jérôme de s'arrêter et m'ordonnerait de descendre sur-le-champ, de me démerder pour rentrer à Poitiers et de la boucler. On n'est plus dans le monde normal, on a basculé dans un univers où les comptes se règlent en dehors de la loi. Les zones de non-droit avec lesquelles on nous bassine à la télé, je suis en train de m'y précipiter à toutes pompes. Mais je n'ai pas à me demander ce que je fous là. C'est moi qui ai ouvert la brèche en me mêlant de ce qui ne me regardait pas. Maintenant, si je veux me racheter aux yeux de Djamila, de Mourad, d'Hamid, si je veux pouvoir me regarder dans une glace un jour, il faut que j'aille jusqu'au bout, quoi qu'il arrive.

— On y est !

L'exclamation d'Hamid m'a tiré de mes pensées.

Je reconnais l'avenue, les immeubles, la gare. Sergeny, dernier arrêt avant…

Jérôme range la voiture le long du trottoir. Deux types adossés à un mur viennent vers nous. Hamid a dû leur indiquer la marque de notre caisse et le numéro d'immatriculation pour qu'ils puissent nous repérer parce qu'ils n'hésitent pas un instant, ouvrent la portière arrière et s'assoient à côté de moi. Je me pousse pour leur laisser de la place et m'écrase contre la portière. Ils sentent le chien mouillé, le tabac. Jérôme redémarre aussitôt et va se garer sur le parking d'un immeuble, cinq cents mètres plus loin. Mes voisins font la gueule.

— Alors ? demande Hamid.

— Alors rien ! répond mon voisin immédiat. On a planqué l'appart d'Eric, celui des parents de La teigne et de Mouss. Rien. Ils sont pas rentrés chez eux. Personne sait où ils sont. On est dans la merde.

— Alors on va voir Mourad tout de suite ! Il est toujours dans le même service ?

L'un des deux répond affirmativement. Jérôme redémarre et suit les indications d'Hamid. Il fait gaffe et respecte les signalisations, les feux rouges. Ce n'est pas le moment qu'on se fasse gauler par les flics. En dix minutes on se retrouve devant une tour de dix étages entourée de parkings.

— Il est trop tard, on nous laissera jamais entrer, lâche un des copains d'Hamid.

— Tu paries ?

Hamid n'a pas pris la peine de tourner la tête vers lui. L'autre se contente de grogner. Jérôme s'arrête devant les escaliers qui mènent au grand hall d'entrée.

— Allez-y, je reste dans la voiture. Les hôpitaux, ça me déprime.

J'ai envie de dire « moi aussi » mais je la ferme. On monte les marches en courant. Hamid se tourne vers moi :

— C'est peut-être pas une bonne idée que tu viennes avec nous si on se présente comme sa famille. Tu fais pas couleur locale avec ton teint de marquise.

Je fais un signe d'assentiment. Ça me convient d'autant plus que Mourad ne serait sans doute pas très content de savoir que le mec qui lui a chié dans les bottes est dans le coin. Les deux copains d'Hamid attendent, légèrement en retrait. Le premier est une baraque au crâne rasé, aux traits durs, presque aussi grand que Jérôme, avec des épaules si larges que je me demande comment on a fait pour tenir tous les trois à l'arrière de la bagnole. Le second est de taille moyenne, mince, avec un visage aigu et des yeux très mobiles. Tout à l'heure, quand on a grimpé les marches, il paraissait à peine toucher le sol tant il était vif, léger. Hamid se rend compte qu'il n'a pas fait les présentations. Il se tourne vers ses deux potes.

— Djamel, Le chat. Vincent.

Je m'avance, on se serre la main, on se sépare. C'est bref, efficace, comme dans les films de gangsters américains. Ils s'éloignent en direction des ascenseurs. Des canapés sont disposés sur la droite. Vides pour la plupart. On a largement dépassé l'heure des visites mais je suis sûr qu'Hamid va embrouiller une infirmière et réussir à obtenir son tête-à-tête avec Mourad. Je file aux toilettes puis j'achète une boisson gazeuse dans un distributeur et je vais m'asseoir. Pour tromper mon angoisse je retourne chercher au fond de ma poche le petit carnet de Djamila. Je bois une gorgée, je l'ouvre et je reprends ma lecture.

***

Souvenir d'avant.

Tu claques la porte de l'appartement et tu descends les escaliers. Quand tu franchis la porte de l'immeuble, tu sens les regards des garçons sur ton corps.

Désolée, les mecs, y a rien à mater, pas le plus petit centimètre de peau, pas la moindre forme sur laquelle s'exciter : jean large, pull à col roulé informe, doc's montantes bien lacées, chaussettes jusqu'aux genoux, mais ça, il n'y a que toi qui le sais. Pas de maquillage, les cheveux sagement ramenés en chignon. Tu ne joues pas les pétasses, les tassepés, les putes, les allumeuses. Tu ne joues rien. Tu pars au lycée. Là-bas, tu pourras te lâcher un peu, à cause des copines. Tu pourras leur parler de ton mec, parce que chez toi, ce n'est même pas la peine d'y penser. Un Françaoui ! Ton père beuglerait, ta mère pleurerait, tes sœurs ne comprendraient rien et ça finirait comme d'habitude, en engueulade générale avant de te retrouver enfermée dans ta chambre, menacée d'être envoyée au pays. Qu'est-ce que tu pourrais bien y faire, au pays ? Tu ne sais pas écrire l'arabe, les rares fois où tu y es allée, on t'a traitée de Française, comme si c'était une injure, et tu t'y es fait chier, enfermée avec les femmes qui racontaient des trucs sans intérêt à longueur de journée.

Tu marches vite, absorbée dans tes pensées. Soudain, tu sens une main sur ton cou. Tu sursautes, tu te retournes. C'est lui ! Il prend tes lèvres, t'embrasse, te mord un peu. C'est bon. C'est comme dans un film. Il est beau et tu l'aimes.

***

Plusieurs pages sont de nouveau arrachées puis le journal reprend.

Ce n'est pas la douleur, le plus atroce, c'est leurs visages. Ils se ressemblent tous, ils ont tous la même gueule, le même désir, la même indifférence pour ce qu'ils ont fait de toi. La pièce est nue. Murs de béton souillés, graffitis obscènes. Sur le sol, une bicyclette démantibulée, des piles de vieux cartons, des entassements de bouteilles vides, des choses inidentifiables à moitié pourries. Et puis un vieux matelas, qui pue, qui sent la pisse, qui en a vu tellement que ses tripes dégueulent des multiples blessures qu'on lui a infligées : trous de couteau, de cutter, de canif par lesquels on aperçoit une vieille laine jaunâtre et si sale que ton cœur se soulève encore plus. Comme si tu avais besoin de ça pour avoir envie de vomir...

La lumière provient d'une ampoule nue, constellée de chiures de mouches. Elle est forte, blessante et accuse les ombres sur leurs visages, leurs corps. Tu regardes cette ampoule, tu t'y accroches, tu essaies de t'y noyer. S'il suffisait de le vouloir pour mourir, tu serais partie depuis longtemps. Tu serres les dents et tu attends. Tu attends que ça finisse. Parce que ça finira forcément.

***

A un moment, il y a eu comme un courant d'air et l'ampoule s'est mise à osciller doucement. C'était un instant d'accalmie. Tu avais mal partout. Tu as passé ta langue sur tes lèvres éclatées, recouvertes de croûtes de sang séché, tu as senti le goût du sel et ça t'a fait du bien. Ton corps n'était plus qu'un immense bleu. Ton sexe une blessure ouverte, douloureuse et lointaine. Tu as regardé les motifs que les ombres dessinaient sur les murs : monstres accroupis, têtes de vieillards, araignées. Ensuite, tu as essayé de retenir leurs regards. Leurs yeux te fuyaient. Ils riaient, ils parlaient de toi mais ils faisaient comme si tu n'étais pas là. Même lui refusait de te voir. Il était adossé à la porte, la caméra à la main, et parlait, avec arrogance, dureté. Une voix de mec, de chef de bande. Il portait encore sur sa joue la trace de tes doigts... Tu as fermé les yeux et tu as essayé de ne pas pleurer. Il ne fallait pas. Il ne fallait surtout pas. Tu t'en foutais. Tu te foutais de tout maintenant. Il a reposé la caméra sur son épaule. Tu as inspiré de toutes tes forces l'air fétide. Tu aurais voulu crever tout de suite parce que ça allait bientôt recommencer.

***

Tu as commencé à douter de lui, le jour où il t'a emmenée chez cet homme à Vrigny, un producteur de ciné. Un ami. Ça t'étonnait qu'il connaisse des gens dans le coin le plus rupin de la région pari-

sienne. A la sortie de Vrigny, vous avez longé un étang. Tu voulais t'y arrêter, t'y promener avec lui mais vous n'aviez pas le temps, vous étiez attendus. Tu lui as demandé s'il était aux ordres de celui à qui vous alliez rendre visite. Il s'est rembruni et n'a pas répondu à ta question. Il s'est contenté de t'apprendre que l'étang appartenait à votre hôte et a ajouté : « Un jour, j'aurai autant de blé que lui. » Tu lui as dit que même sans argent tu l'aimerais et il t'a regardée comme si tu n'étais qu'une idiote. Juste après l'étang il y avait une grande allée bordée d'arbres immenses et une pancarte : Domaine de la Mourade. « Comme ton pote ! », s'est amusé Eric. On est arrivés devant une immense bâtisse de pierre blanche au toit d'ardoise. Trois étages, des tourelles tape-à-l'œil à chaque angle, des escaliers somptueux pour accéder au perron. Eric était aussi fier que si cette maison lui avait appartenu. Vous êtes descendus et vous avez gravi les marches. Eric a frappé au carreau et un homme est venu vous ouvrir. Tu t'attendais à ce que ce soit un domestique. C'était le propriétaire, M. Darcent. La cinquantaine, bien habillé, bel homme, les traits distingués, des yeux bleus scrutateurs, habitués à juger, à jauger, à évaluer. Il vous a fait entrer, vous a serré la main cérémonieusement. Il t'a complimentée pour ta classe, ta beauté. Eric t'avait demandé de t'habiller sexy parce que son ami recherchait des filles pour faire de la figuration dans ses films. Tu répondais comme une gamine timide et empruntée. Vous vous êtes assis et il vous a offert à boire. Tu as regardé autour de toi. Des parquets cirés et luisants, une cheminée de marbre, des meubles anciens, des tentures, des tableaux dans des cadres tarabiscotés, des miroirs. Chaque détail, chaque objet te répétait : fric, fric, fric.

Darcent t'a demandé ce que tu faisais dans la vie, quels étaient tes projets d'avenir. Il ponctuait chacune de tes réponses d'un sourire de connivence et disait : « Excellent, excellent ». Eric buvait du petit-lait. Ensuite, il t'a fait marcher, comme un mannequin, pour voir comment tu te déplaçais, comment tu « occupais l'espace ». Eric a approuvé, comme un grand frère tout fier de te voir réussir ton examen. Tu as accepté à contrecœur, tu n'aimais pas sa façon de te regarder. Quand il t'a demandé si tu étais timide, si tu accepterais des rôles déshabillés, tu as eu envie de partir. Il a parlé argent, versements en liquide, invitations, plateaux télé. Il a insisté, t'a proposé de regarder des clichés et t'a tendu un album, des extraits de quelques-unes de ses productions. Le bouquin t'est tombé des mains. C'était ça, les photos artistiques dont Darcent venait de t'entretenir ? Ces pauvres filles empalées comme des oies sur des broches, la bouche tordue en un simulacre de volupté, ces gros plans ignobles.

Tu as cherché de l'aide du côté d'Eric, le suppliant silencieusement de t'aider. Il était distant, comme fâché contre toi. Tu ne voulais plus parler. Darcent était contrarié et se montrait désagréable. L'atmosphère est devenue lourde, irrespirable. Quand vous êtes repartis, après un au revoir glacial, Eric ne t'a pas adressé la parole de tout le trajet. Il t'a juste dit : « T'es mal barrée pour devenir une star! », avant de te...

La page suivante manque, ainsi que de nombreuses autres, soigneusement découpées au cutter. Le journal reprend.

***

Salope, lopsa, pouffe, tassepé, t'as l'air bonne. D'abord, ces mots, tu n'y prêtais pas garde. Ils étaient vidés de leur moelle. Des mots comme ça, pour désigner les filles. Des mots qu'on glisse dans chaque phrase, anodins, banals, bénins, sans conséquences. Des mots que tu as employés toi-même, servile, pour faire comme les autres, pour parler de celles que tu n'aimes pas, de celles qui ne te ressemblent pas. Maintenant, tu sais ce qui se cache derrière. Tu sais tout le mépris, la convoitise qu'ils dissimulent. Tu sais que ces mots ont fait de toi un objet, longtemps avant que tu ne le deviennes. Tu sais que ces mots infectent les esprits, les empoi-

sonnent, les contaminent, les rendent malades. Tu sais que ces mots préparent les gestes, qu'ils les devancent.

C'est pour ça que tu l'as cogné tout à l'heure ce connard de Jordan. Fort, sans prévenir, pour faire mal. Quand les cartilages ont craqué, ce n'était pas son visage que tu as vu, mais un autre, un peu semblable au sien. Une gueule de beau mec bien nourri, sûr de lui, de son fric, de ses cheveux blonds et de ses yeux bleus. Et puis tu as eu envie de hurler, d'oublier mais tu n'as pas pu.

Les souvenirs, ça ne s'efface pas à coups de poing.

***

Tu n'as pas faim. Tu vas rentrer et tu vas te mettre à travailler. Pourquoi n'as-tu pas dit au CPE, tout à l'heure, qu'il t'avait touchée, que tu avais dû sentir sa sale patte sur ta peau et que ça t'avait rendue folle ? Tu marches sans rien voir de ce qui se trouve autour de toi. Tu n'as qu'une envie, t'enfermer et te taire. Pourtant, les élèves de ta classe ont l'air sympa. Ta tante, tes cousines, Hamid, sont présents, attentifs. Tu es chez eux comme chez toi. Tes parents ne te manquent pas trop. Tes sœurs davantage. Ils vont venir te voir le week-end prochain. Vous allez tous vous entasser dans l'appartement comme quand tu étais petite et que vous vous retrouviez aux vacances. Ta mère et ta tante vont faire la cuisine. Toutes les pièces vont s'emplir d'odeurs épicées, sucrées, toutes ces odeurs que tu adores : muscade, cumin, coriandre, cannelle, beurre, miel fondu. Les femmes vont discuter sans cesse, entre elles. Les hommes vont rire et parler fort. Tu sais bien, que de temps en temps, il y aura des regards tournés vers toi. Des regards apitoyés, des regards de colère aussi. Des regards que tu n'aimeras pas et qu'il te faudra faire semblant de ne pas voir. Mais ça, tu as appris à le faire.

J'interromps ma lecture. Il ne reste que quelques pages pourtant mais j'ai du mal à poursuivre. Je relis : *Des regards que tu n'aimeras pas et qu'il te faudra faire semblant de ne pas voir...* Je me revois comme un chien en maraude, incapable de détacher mes yeux d'elle. C'est quoi un mec maintenant, pour Djamila ?

Je n'ai pas le temps d'approfondir. Trois silhouettes s'approchent rapidement de moi. Je me lève et je les rejoins.

— T'as pu le voir ?

— Ouais, on va au Rony's ! Je vous explique dans la voiture.

On dévale les escaliers. Jérôme est resté garé en bas des marches, feux de détresse allumés et écoute de la musique en fumant une clope. Il attend à peine que les portes soient refermées pour démarrer. Le chat est monté à l'avant et lui indique la route à suivre. Hamid attend que nous soyons sur une avenue pour prendre la parole.

— Mourad était sûr qu'ils ne seraient pas chez eux. Il a entendu dire qu'Eric a une planque quelque part mais il sait pas où. C'est là qu'ils ont emmené Djam, aucun doute.

— Alors on est niqués ? demande Le chat.

— Non ! Il faut qu'on chope son frangin, Thomas. Vous le connaissez ?

— Ouais. Un branleur accro à la dope. Il profite largement des combines d'Eric et il passe sa vie au Rony's avec ses potes.

Hamid se tourne vers nous.

— On va l'enlever...

— T'es ouf ! Comme ça, devant 300 personnes, en plein milieu du bowling ! s'exclame Djamel.

— Non. Je vais l'endormir, le faire sortir et le ramener à la bagnole. Là, on le ramasse et on le fait parler. Faites-moi confiance, ça va pas traîner.

Personne ne répond. Jérôme ralentit. Devant nous, à 50 mètres, d'énormes lettres en néon brillent dans la nuit. Le Rony's. Comme dans un rêve, j'entends la voix d'Hamid nous expliquer la marche à suivre.

— C'est tout con, mais ça peut marcher, reconnaît Jérôme.

On opine en silence. Hamid secoue la tête.

— Ça peut pas, les mecs. Ça DOIT marcher. Ne te gare pas sur le parking mais dans la première petite rue sombre qu'on va trouver. Ensuite, inch' Allah !

CHAPITRE 12

La salle du Rony's s'étire tout en longueur. Les pistes de bowling sont alignées les unes à côté des autres. Juste derrière, un bar interminable derrière lequel s'agitent une quantité invraisemblable de petites nanas en débardeurs rouges très échancrés qui servent des bières non-stop. Le patron est un gros type moustachu qui surveille son monde et serre les louches des habitués. Le vacarme est assourdissant, boules qui roulent, quilles qui dégringolent, cris de joie, applaudissements, commandes lancées à tue-tête. Dans un coin, il y a même une estrade pour que des musiciens puissent s'y installer et jouer.

On s'est scindés en deux groupes pour ne pas trop se faire remarquer et on se fond dans la pagaille générale. Hamid jette un regard interrogatif au chat qui lui montre discrètement une table à laquelle trois types sont assis et picolent.

— C'est lequel ?

— Le blond.

— C'est bon, j'y vais.

Il s'éloigne, l'air dégagé. On va rejoindre les autres qui sont déjà au comptoir et on s'accoude à côté d'eux. Une petite rousse pose rapidement quatre pressions devant Djamel qui paye aussitôt et nous les fait passer. Tout en buvant, on surveille Hamid du coin de l'œil. Bientôt, Jérôme et Djamel commencent à discuter. Je les écoute d'une oreille : ils se sont découvert des points communs. Je crois comprendre que Djamel a lui aussi pratiqué le judo à un haut niveau avant de se tourner vers le kick-boxing. Il pousse un sifflement d'admiration quand Jérôme lui annonce son troisième dan et ses résultats en championnat national. Le chat ne moufte pas. Il fait comme moi, il surveille Hamid.

Je ne sais pas comment il a fait mais il est assis à la table des trois mecs et parle avec eux comme s'il les connaissait depuis toujours. Les autres se marrent. Le frère d'Eric lui offre une clope. Hamid l'allume et lui tend son briquet. Si tout se passe bien, il va leur proposer de la dope et les conduire jusqu'à la bagnole. On n'aura plus qu'à les cueillir.

Je regarde ma montre : dix heures. Qu'est-ce que Valérie peut bien faire en ce moment ? Elle doit être dans la maison de son grand-père, sur l'île de Ré et…

Mes yeux viennent de surprendre à l'autre bout de la salle une silhouette que je reconnais immédiatement. Nat ! impossible d'oublier une paire de jambes pareilles et une jupe aussi minuscule. Elle prend son élan, se baisse, balance sa boule qui file comme une bombe et dégomme toutes les quilles d'un seul coup. Elle se retourne et s'applaudit, le visage radieux. Un gros balèze tout en cuir l'enlace et pose sa bouche sur la sienne…

J'ai à peine le temps de sentir l'amertume m'envahir que je pousse un cri de douleur. Le chat vient de m'envoyer un coup de coude dans les côtes. Ça va trop vite ! Hamid s'est mis debout. Les autres rigolent, vident leurs verres, se lèvent à leur tour et commencent à rassembler leurs affaires. Comme prévu, Le chat et Djamel quittent le bar et sortent. Ils vont aller se planquer derrière la voiture. Jérôme et moi, on laisse passer Hamid et ses trois « clients » et on les suit en douceur.

Je vois les quatre silhouettes traverser le parking et se diriger vers la rue où on a laissé la caisse. On leur laisse prendre vingt mètres puis on se met en piste. On est cinq, ils sont trois. Au moins un point rassurant : ils ne feront pas le poids.

Hamid s'est arrêté devant la voiture. Il sort les clés, ouvre la portière et s'assoit à l'avant, côté passager. Il doit faire semblant de fouiller dans son sac pour y chercher sa came. Jérôme et moi hâtons le pas. Les trois mecs nous ont entendus approcher et nous jettent une série de regards peu engageants. Message reçu, on dérange leur petit trafic. On fait comme si on allait traverser et changer de trottoir. A ce moment, Djamel et Le chat déboulent et leur tombent dessus. On se précipite. Je vois Djamel étaler le plus grand d'un seul coup de poing. Vlam ! Il tombe et ne bouge plus. Le chat attrape le second par les revers de son blouson et lui éclate la tête d'un coup de boule. Le frangin d'Eric essaie de se barrer mais Jérôme, plus rapide, l'attrape par le cou et le balance par terre, d'un seul mouvement. Son front cogne le goudron et il pousse un cri de douleur. Je regarde autour de nous. Personne à l'horizon. On tire les deux assommés sur le trottoir et on les assoit le long du mur, comme s'ils étaient bourrés. Ils sont sonnés, la gueule en sang. Le chat les fouille, prend leurs papiers, jette leurs portables au sol et les brise à coups de talon. Jérôme relève Thomas qui le regarde sans comprendre.

— Toi, tu viens avec nous !

Il ouvre la bouche pour brailler mais Jérôme le retourne d'un coup sec, se sert de sa main pour le museler et grogne :

— Si tu l'ouvres, je te pète la nuque !

Ça le calme aussi sec. Hamid ouvre le coffre, Jérôme soulève Thomas comme une plume, le fouille, lui pique tout ce que ses poches contiennent et l'oblige à y entrer, malgré ses efforts désespérés pour résister. Pendant ce temps, Djamel a réussi à réveiller un des deux mecs. D'une main, il le prend par le col et l'attire vers lui, de l'autre, il agite deux permis de conduire. L'autre le regarde, complètement groggy :

— Ecoute-moi bien : on est de la cité des Rois. J'ai vos noms, vos adresses. Vous avez rien vu, vous savez rien. Tu ramasses ton copain, vous rentrez chez vous et vous vous pieutez sagement. On a deux ou trois trucs à demander à votre pote et on le lâche. Si vous racontez votre petite balade à quelqu'un, même un résumé, on vous retrouve et on vous crève ! Compris ?

Le mec en chie dans son froc. Il hoche la tête. Djamel le laisse retomber en arrière et lui tapote la joue. Il a dû voir ça dans un feuilleton. Il balance leurs papiers par terre après les avoir déchirés. On monte dans la voiture et on repart. Pendant que Jérôme cherche un coin tranquille pour « faire le point » avec Thomas, Le chat fouine dans le répertoire du portable que Jérôme a trouvé dans sa poche.

— On a le numéro perso d'Eric si on a besoin.

— C'est ça, ricane Djamel, on va lui dire qu'on a enlevé son frère et qu'on fait l'échange avec Djam. Je le connais Eric, il en a rien à foutre. On pourrait lui envoyer Thomas par petits bouts que ça l'empêcherait même pas de dormir. Ce qu'il veut, c'est prendre son pied avec Djamila ! C'est un pervers, ce mec. Un vrai pervers.

— Il va rien prendre du tout, gueule Hamid. On

va lui faire la peau à cet enfoiré ! Thomas le sait que son frangin c'est une ordure et qu'il lèvera pas le petit doigt pour le sortir de nos pattes. Quand il comprendra qu'on va le massacrer pour savoir où Eric crèche, il va le balancer fissa, je vous le parie !

Je suis sûr que le message est arrivé jusque dans le coffre, tellement il a hurlé. On atteint la périphérie de la ville, une campagne morne et plate. Un bosquet nous fait de l'œil un peu plus loin sur la droite. Jérôme s'engage sur un chemin défoncé. Le frangin doit être méchamment secoué à l'arrière. On ne pouvait rêver meilleure préparation psychologique.

La voiture s'immobilise. Hamid sort, ouvre le coffre et fait basculer sans ménagement Thomas à terre. On s'approche de lui. La lune, qui fait son apparition par une trouée dans la couche des nuages, confère à la scène un éclat métallique particulièrement inquiétant. Le frangin d'Eric nous regarde, le visage déformé par la terreur.

— T'as le choix, dit Hamid, d'une voix sans timbre. Ou tu nous dis où se trouve la planque de ton frère, ou on te démolit tellement que même ta mère, elle sera pas capable de reconnaître les morceaux.

— Qu'est-ce que vous lui voulez à Eric ?

Djamel se baisse et lui fout une tarte, à froid, sans commentaire. J'ai mal au bide. J'aime pas ça.

J'AIME PAS ÇA DU TOUT ! C'est dégueulasse ce qu'on est en train de faire mais si ce con de Thomas joue les héros et ne balance pas son frère, non seulement les autres vont l'atomiser mais on ne retrouvera jamais Djamila.

Il faut qu'il parle ! Je lui balance un coup de pied dans les côtes. Pas trop fort. Suffisamment cependant pour qu'il ait la trouille, qu'il se mette à parler et qu'on lui foute la paix. Hamid articule lentement :

— T'as pas écouté ce que je t'ai dit, Thomas. Où se trouve la planque de ton frère ?

Thomas pousse un hurlement. Le chat vient de s'accroupir et d'empoigner sa main qu'il maintient fermement entre ses genoux. Il ouvre un couteau et en pose la pointe sous l'extrémité de son index. Il dit :

— Si tu réponds pas dans les dix secondes qui suivent, je t'arrache les ongles un à un. Après, je te laisse le choix entre les oreilles et les couilles.

Thomas a le visage couvert de sueur. Il bredouille :

— Eric va me tuer si je fais ça…

— Vous réglerez le problème entre vous, en famille, susurre Hamid. De toute façon, si c'est pas lui, c'est nous. Au moins, ça te laisse un délai pour mettre tes affaires en ordre.

Pour appuyer les paroles d'Hamid, Le chat

enfonce légèrement le couteau sous l'ongle de Thomas qui se met à chialer et lâche à toute vitesse :

— Putain, arrêtez ! Il loue un pavillon à Mirecourt au nom de mes parents. C'est à deux bornes d'ici, rue des Alouettes, au 24.

— Je connais, dit Djamel, mon oncle habite dans ce patelin. On peut pas trouver plus peinard.

— Y a rien d'autre, demande Hamid, t'es sûr ?

— Rien, je vous jure. Je le saurais.

— Qui c'est qui possède son numéro de portable à part toi ?

— Mes parents, La teigne, Mouss. Je sais pas…

— Tes potes ?

— Non. C'est top-secret son portable, pour son bizness.

Hamid le regarde.

— O.K., on t'embarque. Remonte !

— Mais t'avais dit…

— J'ai rien dit, remonte !

Thomas s'exécute. Hamid lui attache les mains derrière le dos, sort un foulard de sa poche et le bâillonne. On se tasse tous dans la 306 et on fonce vers Mirecourt. Hamid ouvre le sac posé à ses pieds et en sort deux poings américains et des matraques qu'il nous fait passer. Je prends un des gourdins : il est lourd, lisse, menaçant. Hamid grince :

— Ça y est les mecs, on va la sortir de là. Je vous jure, ça va saigner.

***

La rue des Alouettes est très courte, bordée de chaque côté par des maisonnettes construites dans les années cinquante. Une grille en fer forgé, un petit bout de jardin minuscule qui doit se prolonger par-derrière, trois marches pour accéder à la porte d'entrée. Elles se ressemblent toutes, unies dans la médiocrité.

Jérôme s'arrête au bout de la rue et coupe le moteur et les phares. C'est le désert total. Les gens doivent se barricader chez eux le soir, on va être tranquilles pour agir. On sort tous les cinq et on s'approche du 24. Pas une lumière aux fenêtres. Pas un bruit. Hamid se retourne vers nous :

— Putain, j'ai l'impression qu'il y a personne.

— On entre quand même, l'interrompt Le chat. Ils ont pu passer ici. On peut trouver un indice.

Hamid acquiesce.

— Je te laisse faire.

Le chat ouvre son blouson et en tire une sacoche de cuir. Elle est remplie de tiges de métal, d'outils. Il prend un morceau de fer recourbé et l'introduit dans la serrure de la grille qui cède en quelques secondes. Il ricane :

— Ces vieux trucs, ça s'ouvre sans même y penser.

Il fait subir le même sort à la porte d'entrée. On entre. Mes doigts sont crispés autour de la matraque à me faire mal. Ça sent le renfermé, l'humidité, le tabac. Le chat et Djamel montent à l'étage. Nous, on inspecte le rez-de-chaussée : une cuisine, des chiottes, un salon. La maison est bien vide. Il n'y a pas de cave à explorer, pas de placard à fouiller. Sur la table basse du salon, plusieurs bouteilles à moitié vides, cinq verres sales, des cacahouètes qui traînent dans une coupelle, un cendrier rempli de mégots. Hamid fait le tour de la pièce, regarde partout en quête d'un détail qui nous éclaire.

Djamel et Le chat nous rejoignent. Djamel tend un collier en cuivre à Hamid.

— On a trouvé ça, par terre dans une des piaules. Tu connais ?

— Ouais ! Il est à Djamila. Ils sont passés ici, c'est sûr maintenant. Ils ont dû l'enfermer là-haut pendant qu'ils buvaient un coup ici. Elle a dû le laisser traîner exprès. Où ils ont bien pu aller ?

— Tu veux qu'on ramène Thomas ? demande Djamel.

— Non, il sait rien, j'en mettrais ma main au feu.

Je fais le tour de la pièce. A part le canapé, la table basse, un divan, trois chaises dépareillées, un téléphone posé dans un angle, on n'y trouve qu'une télé 16/9e et un magnétoscope. Des piles de cassettes sont entassées à même le sol. J'en prends une machinalement. Un film porno... Pareil pour la seconde, la troisième. C'est marrant, elles appartiennent toutes à la même collection : *Amatrices prêtes à tout*, *Robert Darcent Editions.*

— Eh Vincent, t'as rien d'autre à faire !

Je fais taire Hamid d'un geste. Robert Darcent. Je connais ce nom. Je l'ai déjà entendu ou vu quelque part.

— T'as trouvé quelque chose ? Putain, Vincent, réponds !

Et ça me revient : le carnet de Djamila ! La visite chez le producteur qu'elle est allée voir en compagnie d'Eric ! Je n'ose pas dire à Hamid que j'ai piqué le carnet de sa cousine. Je leur montre la cassette.

— Je sais où elle est, les mecs ! Les films d'Eric, c'est ce Darcent qui les produit, il lui a filé toute la collec. Je suis sûr qu'il l'a conduite chez ce mec pour terminer la vidéo qu'il avait commencé à tourner avec elle.

Djamel se frappe le front, pousse une exclamation et se précipite à l'étage. Il a dû remarquer quelque chose lui aussi. Il redescend presque aussitôt avec une carte de visite à la main et me la tend.

— Y en avait plein sur un bureau, là-haut.

Je lis à voix haute : *Robert Darcent, Producteur indépendant, Domaine de la Mourade.* Suivent l'adresse à Vrigny et le numéro de téléphone.

— C'est où Vrigny ? demande Hamid.

— A une demi-heure d'ici, répond Le chat.

— Mais comment on peut être sûrs qu'ils l'ont bien emmenée là-bas, gémit Hamid. On n'a pas le droit de se planter encore.

— Moi je sais ! annonce Le chat.

Il fait trois pas, se penche, attrape le téléphone posé à terre et appuie sur une touche. Il observe l'écran et lance un numéro à voix haute. Je vérifie : c'est le même que celui de la carte que je tiens à la main. Eric a appelé Darcent !

— Y en a là-dedans ! s'exclame Le chat en se tapotant le front de l'index. Il suffit de faire la touche bis : dernier numéro composé. Il s'affiche et tu coupes avant que ça sonne. En général, on téléphone aux gens avant de débarquer chez eux…

Hamid n'écoute pas ses explications et sort en courant, on le suit sans prendre le temps de refermer les portes. On s'engouffre dans la 306. Eric, avant de se débarrasser de Djamila, il va la rentabiliser. Cassette à tirage limité. Confidentiel. Vendue en toute discrétion. Petite caille violée sur canapé. Pour amateurs choisis.

Quand la voiture démarre, c'est un concentré de haine qu'elle emporte avec elle.

Maintenant, même si ça se termine mal, je m'en fous.

CHAPITRE 13

Jérôme laisse derrière nous le panneau sur lequel est écrit « La Mourade » et s'engage dans une allée bordée d'arbres. Il a éteint les phares et roule au pas.

— Gare-toi là, ordonne Hamid.

Il montre une petite allée qui part sur la droite. Jérôme s'y engage et coupe le moteur. A dix mètres devant nous, se dresse une haute grille de fer forgé au-delà de laquelle la route continue et se perd dans les ténèbres. On descend. Avant de quitter ma place, je fourre le carnet de Djamila dans le filet placé à l'arrière du siège du conducteur et je glisse la matraque dans mon blouson.

Dans le coffre, Thomas pousse des gémissements qui nous parviennent assourdis. Vu l'heure et le lieu, il y a peu de chances qu'il attire l'attention de quelqu'un, il finira bien par se lasser. On escalade le mur d'enceinte et on se laisse tomber de l'autre côté. J'ai l'impression qu'on fait un boucan de tous les diables en piétinant les feuilles mortes qui tapissent le sous-bois. Coup de bol, personne n'a lâché de chiens dans le parc, ils nous auraient déjà sauté dessus. Le propriétaire doit être allergique aux grosses bêtes, on avance sans encombre. On longe un bassin étroit avant d'arriver devant les pelouses qui entourent la maison de Darcent. Dans une grande cour gravillonnée sont garées plusieurs voitures.

— T'en reconnais une ? m'interroge Hamid.

Je m'approche et je retiens un cri de joie.

— C'est celle-là, la noire !

— Bon, ben on va y aller. La question, c'est comment… Qu'est-ce que t'en penses ? demande Hamid en se tournant vers Le chat. C'est toi le spécialiste.

Celui-ci regarde la barque et sifflote avec admiration :

— A vue de nez, ça remonte au dix-neuvième, les mecs. Mais vous pouvez être sûrs qu'à l'intérieur, c'est high-tech !

— Ce qui veut dire ? interroge Jérôme qui comme moi a senti l'entourloupe.

— Ce qui veut dire système d'alarme perfectionné. Toutes les portes et toutes les fenêtres doivent être équipées de détecteurs d'ouverture et de mouvement. Le système est sûrement commandé par un boîtier électronique situé au rez-de-chaussée et relié à un central téléphonique. Pas la peine de se précipiter, on n'est pas dans un pavillon merdique.

— Putain ! Alors, on peut pas entrer ! s'exclame Hamid.

— Ça dépend…

Le chat étudie les lieux et nous fait signe de le suivre. On fait le tour de l'édifice. Il s'arrête, dépité.

— Pas de soupirail, d'ouverture de cave. Il reste une dernière solution.

— Laquelle ? demande Hamid.

— Le toit. Il arrive que les ouvertures situées sur les toits ne soient pas protégées. Trop haut, trop difficile d'accès. On peut aussi virer quelques tuiles, se glisser sous les combles et découper un bout de plafond. Facile quand c'est du placo, tu fais ça au cutter, plus délicat si c'est des lattes de châtaignier. Dans les deux cas, faut aimer bouffer la poussière…

— Tu veux dire que tu vas monter là-haut ?

Je n'arrive pas à croire qu'il puisse être sérieux. Il se contente de me répondre :

— Pourquoi tu crois qu'on m'appelle Le chat ? Bon. J'entre, je coupe l'alarme et je viens vous ouvrir une fenêtre. Je vais essayer de tracer. A plus.

Il remonte la fermeture Eclair de son blouson, nous fait un signe de la main et agrippe une gouttière. En quelques secondes, il s'est élevé de plusieurs mètres et disparaît dans les ténèbres.

Hamid se laisse aller à terre et appuie son dos contre le mur. Je l'imite, complètement abasourdi :

— Il est pas vrai ce mec ! Comment tu le connais ?

— C'est un copain d'enfance. Quand on habitait Sergeny, on avait pris de mauvaises habitudes avec quelques potes dont Mourad et Djamel. On faisait des casses dans les petites villes du coin. Des casses modestes mais vachement précis, sans rien péter, en ouvrant gentiment les portes comme des pros et en piquant que des trucs bien ciblés : fric, bijoux, hi-fi. On s'entraînait pendant des heures dans les caves de l'immeuble à démonter les serrures de sécurité, à les forcer en douceur, tu peux pas imaginer comme on était balèzes. On s'est jamais fait prendre. Quand mon père est mort, ma mère a décidé de quitter la cité et de venir à Poitiers. Elle voulait pas que je tourne voleur. J'avais quatorze ans, je lui ai promis de changer et en gros, j'ai tenu parole. Le shit, c'est pas du vol, c'est du bizness et je trempe pas dans les histoires de dope. Le chat – Denis, c'est son vrai nom –, lui il a découvert la varappe, pendant un camp d'ados. Coup de foudre. Depuis, c'est un fondu de grimpe. Il passe son temps sur les murs d'escalade de la salle multisports de Sergeny et dès qu'il peut, il part dans les Alpes faire l'araignée sur les rochers. Il va passer pro. Lui aussi, il s'est rangé, mais quand il s'agit de filer un coup de main à un copain, il est toujours là.

— Mais les centrales d'alarme, c'est pas des serrures et des cadenas ! Faut connaître…

— Bac pro électronique, Le chat. Merci l'école publique. Je t'ai pas dit qu'il est toujours clean. Il fait gaffe et se contente de rendre service. Dès qu'il devient animateur sportif, il arrête.

— Il risque sa peau, tout seul là-dedans.

— Il le sait. Il connaît Djamila depuis qu'il est tout môme. Elle est pareille que la famille pour lui. Il est pas près de lâcher le morceau, qu'est-ce que tu crois ?

Djamel prend la parole :

— T'inquiète pas pour lui. S'il veut pas qu'on le voie, personne le verra. Et si un mec tombe dessus, tant pis pour le mec.

— C'est Superman, votre copain ! je lâche excédé. Alors il a pas intérêt à se viander parce que si on n'arrive pas à entrer, on est mal. Qu'est-ce qu'on fait dans ce cas, on appelle les flics ? Je vous signale que Djamila, elle est entre leurs pattes. Il faudrait qu'on se magne le cul.

Hamid se penche vers moi et m'agrippe par le col de mon blouson :

— Ya rabac ! C'est pas à toi de m'apprendre ça ! La faute à qui si elle est là ? On n'appelle personne. On va entrer. C'est tout. Même si on doit péter leur putain de porte d'entrée, déclencher leur alarme et foutre le feu à cette baraque de merde !

Il a la voix qui tremble de rage. Je le sens à deux doigts de me coller un pain.

— Eh, reprenez-vous les mecs, c'est pas le moment de perdre les pédales !

La voix de Jérôme s'est élevée au moment pile... Hamid me lâche et je me rencogne contre le mur. On ravale notre colère et nos angoisses et on attend.

Il ne pleut plus depuis un bon moment, la nuit est calme, à peine fraîche. J'essaie de me détendre, de rassembler mes forces pour tout à l'heure. Djamel s'éloigne pour pisser, bientôt suivi de Jérôme et d'Hamid. Si Le chat réussit à nous faire entrer, notre expédition va tourner au massacre, je ne vois pas comment ça peut se finir autrement. On est tous à cran et on a la trouille de ce qu'ils ont fait, ou de ce qu'ils sont en train de faire à Djamila, même si on n'en parle pas.

Surtout si on n'en parle pas...

C'est dégueulasse de penser ça, mais j'ai l'impression qu'elle a presque pris une importance secondaire dans cette histoire, que c'est un règlement de comptes entre mecs qui se profile. Qu'est-ce qu'ils veulent leur faire à ces types, Hamid et ses potes, les descendre ? C'est la tôle à perpétuité assurée. Nos vies gâchées, pourries, foutues. Et Thomas, tout à l'heure, est-ce qu'ils l'auraient vraiment torturé ? Je n'en sais rien. Peut-être qu'ils voulaient seulement lui coller la trouille. Quelque chose me dit pourtant que ça aurait tourné en boucherie, cet interrogatoire, qu'ils l'auraient fait parler coûte que coûte, quitte à le découper en morceaux. Je sens qu'on perd la boule, qu'on déconnecte, lentement mais sûrement. Hier, on était des lycéens normaux, aujourd'hui on est tombés du mauvais côté de la barrière. Je regarde du côté de Jérôme. Il est debout, les mains dans les poches, le nez pointé vers le ciel. Depuis qu'on a quitté Poitiers, il n'a quasiment pas lâché un mot. Il se contente d'écouter et de suivre mais je le connais : il n'en pense pas moins. Les coups foireux, ce n'est pas son genre. Je compte sur lui pour essayer de calmer le jeu si ça dérape.

Hamid revient s'asseoir à côté de moi. Il a l'air de s'être calmé. J'aimerais pouvoir faire pomme Z, comme sur mon Mac. Effacer mes conneries, ma visite à Mourad. Tout. Je n'effacerais pourtant pas le viol de Djamila, les combines d'Eric, toutes les existences qu'il contribue à foutre en l'air. Alors quoi ? On va faire œuvre de salut public, on va éliminer une ordure ? C'est pas notre boulot... Il y a une justice pour ça et si dès le départ les parents de Djamila n'avaient pas eu les pétoches et avaient porté plainte...

— Vous prenez le frais ?

Je sursaute. Hamid se redresse, matraque à la main.

— Cool, les mecs, c'est le père Noël !

On n'en revient pas. Le chat est devant nous et on ne l'a pas vu redescendre.

— C'était trop facile ! J'ai découpé la vitre d'une lucarne et je me suis retrouvé dans un grenier. Je me suis déguisé en courant d'air et je suis descendu jusqu'au rez-de-chaussée sans croiser personne dans les escaliers. Le proprio est plutôt le genre radin. Ni les couloirs ni les pièces ne sont équipés de dispositifs d'alarme. Que les ouvertures extérieures, j'ai vérifié. J'ai fait un tour rapide. Personne à l'horizon. Eric et sa bande doivent être planqués quelque part. J'allais essayer de débrancher la centrale électronique et je déballais déjà mes petits outils quand j'ai entendu du bruit dans une pièce du rez-de-chaussée. En fait, j'ai trouvé un mec qui bossait tout seul sur un banc de montage. Je l'ai secoué un peu et ça l'a convaincu de désactiver le code d'ouverture. Il nous attend gentiment et va répondre à toutes nos questions.

Le chat nous entraîne jusqu'à la porte d'entrée. On entre dans la maison et on se retrouve dans un hall grand comme le pavillon de mes parents. Sans hésiter, notre guide nous entraîne sur la gauche. On enfile un couloir et on pénètre dans une pièce équipée de matériel vidéo. Le chat se baisse vers une forme allongée par terre. Djamel l'aide à la redresser. C'est un homme d'une trentaine d'années, bâillonné, les mains attachées derrière le dos.

Hamid baisse le foulard qui empêche le mec de parler et ne se perd pas en digressions :

— Ecoute-moi bien. Ce soir, on a éclaté trois mecs pour trouver cette adresse… Maintenant, on n'en est plus à un près. Où sont ceux qui ont ramené une fille brune, jeune ? T'as pas pu les louper, leur bagnole est dans la cour !

Le mec ne cherche pas à discuter.

— J'ai rien à voir dans vos embrouilles. Je bosse pour Darcent, c'est tout. Les mecs et la fille, ils sont partis tourner en bas…

— Tourner !

Même si on s'en doutait, on prend l'information en pleine poire. Hamid l'attrape par le col et le secoue. Le chat s'interpose avant qu'il ne le cogne :

— Laisse-le finir ! T'as vu la fille ?

— Non. Je savais qu'ils devaient venir filmer ici, ça arrive régulièrement. Moi, j'ai suffisamment de boulot avec celui que me file Darcent. Lui, il les attendait en bas et préparait le matériel. J'ai juste déverrouillé l'alarme, le temps qu'ils entrent, je suis revenu la brancher après et…

— Ils sont où ? l'interrompt Hamid.

— Dans les caves, toute une partie est aménagée en studio.

— Par où on y va ?

Le mec hésite. Le chat lui balance une baffe maousse. Il part en arrière et Jérôme le réceptionne.

— Par où on y va ? répète Le chat. T'as une seconde pour répondre !

— Par le bureau de Darcent mais j'ai pas la clé.

— T'inquiète !

Hamid le pousse brutalement en avant. Il nous entraîne dans un couloir aussi large qu'une rue piétonnière et s'arrête devant une porte fermée.

— C'est là.

Le chat ouvre sa trousse à outils, s'accroupit et commence à bricoler.

— Putain, là, c'est du matériel ! Serrure multipoints. Je me demande si on n'aura pas plus vite fait de défoncer la porte.

Jérôme demande à notre prisonnier :

— Elles sont insonorisées, les caves ?

— Complètement, on peut rien entendre d'un côté comme de l'autre.

— Poussez-vous !

On s'écarte. Jérôme recule de trois mètres et balance ses cent kilos ou presque sur la porte. Elle ne résiste pas et le chambranle de bois éclate sous le choc. Le battant pendouille sur ses gonds.

— On a du pot qu'il ne l'ait pas fait blinder, souffle Jérôme. Un sourire satisfait s'étire sur son visage.

Le chat contemple les dégâts avec mépris.

— Radin, il est radin, je te dis.

— Eh ben, il va le regretter ! conclut Djamel.

On pénètre dans une pièce somptueusement meublée. Une caricature de bon goût. Darcent doit éplucher les magazines de déco ou se payer les services d'un architecte d'intérieur. Plancher ciré façon miroir. Tentures vert sombre aux fenêtres, rideaux clairs et vaporeux. Des bibliothèques recouvrent trois pans de murs et montent jusqu'au plafond, bourrées de livres. Pas des bouquins de poche, des volumes reliés en cuir pleine peau, dorés sur tranche. Je m'approche : Dante, L'Arioste, Cervantès, Rabelais, Montaigne, Shakespeare… Pas de la gnognotte ! Ça respire le luxe, ça inspire confiance. On est loin de son « univers artistique » à M. le Producteur de films porno. Sur un tapis uni, d'au moins vingt centimètres d'épaisseur, trône un bureau Louis quelque chose. Les lampes en cuivre qui diffusent une lumière dorée ont dû être astiquées par une armée de larbins. Le mec nous montre une porte matelassée.

— C'est là.

— Merci bonhomme !

Le chat passe posément un foulard sur la bouche du mec, l'attache soigneusement, le force à s'allonger au sol et le saucissonne avec dextérité. Hamid s'approche de la porte, pose la main sur la poignée et appuie doucement. Elle cède sous sa pression. Il pousse et le battant pivote sans un bruit. Derrière, il y a une volée de marches qui s'enfoncent dans les profondeurs du sol.

Les yeux de mon copain sont noirs, mauvais. Un rictus déforme sa face quand il murmure :

— Là, c'est le dernier acte. Ils tournent, ces enfoirés… Putain, n'hésitez pas à cogner. Et fort !

CHAPITRE 14

L'escalier débouche dans une sorte de hall aux murs tendus de toile ocre. L'atmosphère est douce, intime, les lumières tamisées. Le long des murs sont alignés des bancs de bois verni. Ils sont surmontés d'étagères et de portemanteaux, un peu comme dans un vestiaire. Une porte est entrouverte sur notre droite. Nous la franchissons en essayant de faire le moins de bruit possible.

Devant nous, une immense salle, vide de présences humaines. Elle baigne dans une pénombre très agréable à l'œil. La lumière orangée provient d'éclairages indirects dissimulés par d'élégantes corniches. Le sol est moquetté de vert émeraude, les murs couverts de miroirs. Tout autour, à la verticale des parois, sont disposés des canapés de cuir prune. Au centre, une sorte de lit circulaire d'au moins trois mètres de diamètre, recouvert de coussins de formes variées. Juste au-dessus, des spots, éteints pour l'instant. Je commence à comprendre où il le met son fric, Darcent.

— C'est quoi ce bordel, il a monté sa boîte privée ici ? marmonne Djamel.

— Tu parles d'une boîte, répond Jérôme, t'es un naïf, toi. C'est surtout une pièce entière rien que pour partouzer.

Il pointe son doigt vers les glaces incrustées dans les murs.

— Vous pariez combien que là-derrière, c'est bourré de caméras ultrasensibles ? J'imagine le spectacle quand il fait le plein. Il doit pas s'emmerder le Darcent, surtout avec les relations qu'il a dans le milieu du porno…

Personne ne répond. Pendant un instant, je suis sous le choc. Le spectacle, je commence quasiment à le voir. Les autres aussi, visiblement…

— T'es un vrai con ! je réponds. Il organise pas que des partouzes, cet enfoiré… Maniez-vous le train !

Fin du rêve… La troupe, un peu honteuse, se secoue la tête et en éjecte les images que la vue du pieu hors normes a suscitées dans nos cervelles. Au fond de la salle, une seconde porte. Hamid la pousse. Nouvelle pièce vide, ambiance différente : elle est presque aussi vaste que la première et comporte une trentaine de petits box équipés d'un rideau pour occulter l'entrée et d'un matelas deux places.

— Le coin des timides, murmure Djamel.

On traverse sans s'arrêter avant de déboucher dans une deuxième pièce. Le choc ! Elle est noyée dans une lumière rouge sang, particulièrement éprouvante pour les nerfs. On se croirait dans un thriller américain, au moment où les héros vont être massacrés par le serial killer. Tout en avançant à pas de loup, je photographie les lieux : une série d'instantanés bien sordides qui me subjuguent... Du plafond, pend une espèce de portique auquel sont fixés des palans munis de cordes et de chaînes. Dans un angle une sorte de grande croix de bois en X, boulonnée au sol. Sur les murs, sont accrochées des combinaisons de cuir noir, de toutes les tailles. Sur des étagères, des bottes, des masques, des objets aux formes incompréhensibles, des cordes soigneusement enroulées, des chaînes, des cadenas, des rouleaux de ruban adhésif. Des masques à gaz ! On passe devant une sorte d'établi recouvert d'objets habités de reflets écarlates et disposés avec ordre, comme dans l'atelier d'un bricoleur du dimanche. Pinces, aiguilles, crochets, instruments de chirurgie en inox voisinent avec des outils tout à fait traditionnels, tenailles, marteaux, tournevis, et des tas de trucs que je suis incapable d'identifier.

— On est tombés dans le château de Barbe-Bleue, commente Jérôme. Dans sa voix, vibre une note sombre. Ecœurement, appréhension, fascination ?

J'ai la nausée. Ce n'est pas mon univers… SM, viols, tortures. Je savais que ça existait, mais de loin, comme les trois quarts de la réalité. Là, il ne s'agit plus de mots, d'images. J'ai l'impression d'avoir foutu les pieds dans un asile de dingues. Des dingues organisés, socialisés, avec pignon sur rue. Et Djamila ? Comment et dans quel état on va la sortir de là ?

La salle suivante est une réserve. De hauts placards métalliques sont alignés contre les murs et grimpent jusqu'au plafond, répliques rigides et laides de la somptueuse bibliothèque du rez-de-chaussée. Ici, pas de chefs-d'œuvre de la littérature mondiale. Les portes bâillent et laissent apercevoir des centaines et des centaines de cassettes soigneusement alignées et numérotées.

Plusieurs moniteurs vidéo reliés à des magnétoscopes, deux ordinateurs, une imprimante et un scanner sont disposés sur une table placée au centre de la pièce. J'effleure une des étiquettes sur laquelle est inscrit un code mystérieux : L/2. g+3s2f3e. Qu'est-ce qu'il peut y avoir là-dedans ? Pas que des trucs légaux, à tous les coups. Ici, Darcent doit planquer les films qu'il ne vend pas à n'importe qui.

Hamid se tourne vers nous, un doigt sur les

lèvres, comme s'il avait entendu un bruit. Il s'accroupit devant la porte située au fond de la pièce et l'entrouvre silencieusement. Je m'approche de lui. C'est une régie. J'aperçois une table de mixage, des moniteurs, un large panneau vitré. Personne. Il n'y a encore personne ! Hamid entre, fait trois pas et s'immobilise. On le rejoint. Derrière la vitre, en contrebas, on a une vue plongeante sur un petit studio équipé d'un lit. Deux hommes nous tournent le dos. Le premier est grand, avec des cheveux argentés, le second, blond, est assis dans un fauteuil roulant. Il a sans doute fallu le porter pour venir jusqu'ici. Les cinq autres sont à poil. Ils discutent entre eux, en demi-cercle, comme des copains après un match. Leurs visages sont recouverts de masques qui en dissimulent la moitié supérieure. Djamila est nue, recroquevillée sur une table étroite couverte d'un drap. Un des types tient une caméra à l'épaule. Je vois sa bouche s'ouvrir et se fermer. Il rit. Malgré le masque, je reconnais Mouss.

Je devine qu'on est arrivés trop tard. Hamid hurle et balance son bras de toutes ses forces. La matraque percute la vitre qui éclate et projette des morceaux de verre dans tous les sens. Je ne sais pas comment il a fait mais en moins d'une seconde, il a escaladé le rebord, au mépris des éclats tranchants qui sont restés accrochés au cadre, il a sauté dans la pièce et foncé sur les cinq mecs. Sans réfléchir, je suis le même chemin, m'écorchant la paume au passage. On leur tombe dessus à bras raccourcis et on cogne, on cogne, on cogne. Djamel et Le chat nous ont rejoints. Je laisse tomber ma matraque et je poursuis le travail à mains nues, puis à grands coups de godasses. Je cogne pour faire mal, pas pour tuer. Je suis froid, haineux, déterminé. J'ai du sang plein les doigts, sans savoir si c'est le mien ou celui d'un des types. Je ne sais pas sur qui je tape. Je tape, c'est tout. Et ça me fait du bien.

Bientôt, on s'arrête, haletants. Ils sont à terre, en train de gémir et pas près de se relever. On a bien dû péter un bras ou une jambe au passage mais je m'en fous. Je me retourne, survolté. Darcent est allongé, livide et se tient le nez. Jérôme fouille Eric et se relève avec un couteau fermé qu'il balance sur un tas de vêtements. Je reconnais le jean et le pull que portait sa cousine quand ils l'ont enlevée. Hamid a trouvé une couverture quelque part et en a enveloppé Djamila jusqu'au cou. Je me sens brutalement vidé de toute mon énergie, mes mains tremblent.

Je n'arrive pas à y croire. Ça a été trop facile, trop rapide. On a libéré Djamila. On va partir d'ici, on va…

On va rien du tout !

Mon enthousiasme retombe d'un coup. Djamila a été violée et rien n'est réglé. Je la regarde à la dérobée. Son visage ne porte pas de traces de coups. Ça serait venu plus tard, je suppose, à mesure qu'ils auraient avancé dans leur tournage.

Elle ne pleure pas, ne parle pas. Elle fixe les cinq qui geignent et se tordent de douleur. J'aimerais lire de la colère, de la haine, du soulagement dans ses yeux. Je n'y lis rien. Le vide. L'absence. L'indifférence. La teigne essaie de se relever et pousse un cri de douleur quand Djamel shoote dans ses côtes et le renvoie au tapis. Djamila s'assoit sur la table et le contemple, sans dire un mot.

— Vous êtes dans une propriété privée, vous n'avez pas le droit d'entrer ici…

Darcent s'est relevé. Un filet de sang coule d'une de ses narines. Il extrait un mouchoir de sa pochette et s'essuie avec délicatesse. Hamid fait trois pas et lui flanque sa main dans la figure.

— Parce que tu crois que dans une propriété privée on a le droit d'organiser des viols collectifs et de les filmer ? Ça s'est vu où, ça ?

Darcent a chancelé sous le choc. Il s'appuie d'une main tremblante sur le mur et essaie de sauver les meubles.

— Ecoutez, je suis arrivé au cours du tournage. Pour autant que je le sache, cette jeune fille était consentante et…

Nouvelle baffe, plus forte que la précédente. Cette fois, Darcent part en arrière, se prend le mur et s'écroule au sol. Djamila s'est tournée vers lui mais ne dit toujours rien. Eric s'est confortablement renfoncé dans son fauteuil. Lui, n'a pas pris un seul coup. Personne n'oserait le faire, je crois. On ne tape pas sur un handicapé, même si c'est la pire des ordures…

— Vous allez faire quoi, là ? Maintenant, faut arrêter vos conneries…

Sa voix m'a surpris. Chaude, caressante. Convaincante presque. Je commence à comprendre les raisons de son ascendant sur les autres, sur les nanas. Il est étonnamment beau. Un visage régulier, des yeux très bleus. Non, mauves. Des cheveux épais et blonds, mi-longs, rejetés en arrière. Une bouche parfaitement dessinée aux lèvres pleines, sensuelles, féminines. Il possède à la fois l'apparence d'un gamin malicieux et celle d'un homme terriblement séduisant. Il répète comme agacé :

— Vous allez faire quoi, là ?

Hamid ne répond pas et attend.

— Vous allez nous tuer ? reprend Eric. C'est pas une bonne idée, ça : vingt ans de tôle assurés. Foutre le feu à la maison pour effacer vos traces… aucune chance non plus, on vous retrouvera. Nous dénoncer ? Mourad ou un autre sera rendu responsable du meurtre de Nico et de ma paralysie ! Vingt ans aussi… et Djamila sera condamnée pour complicité avec en bonus la réputation d'une pute pour le restant de ses jours...

Hamid se retient de se jeter sur Eric qui poursuit calmement sa démonstration.

— Vous pouvez encore nous tabasser. Pas très courageux de démolir deux mecs sans défense...

— Pauvre con, elle avait des défenses, Djamila ? le coupe Le chat.

— Ouais, répond Eric sans se démonter. La preuve, vous êtes là... et puis, nous, on est des ordures. Tandis que vous, vous êtes des braves mecs, des héros, des chevaliers servants. Pas le genre à vous attaquer à des faibles !

— T'es vraiment un salaud, crache Hamid.

— C'est ce que je viens de dire, s'égaye Eric. On se répète, on perd du temps. Mauvais ça.

Darcent se remet sur ses pieds et nous foudroie du regard. C'est pas le genre lui non plus à s'avouer vaincu.

— Et je vais vous dire pourquoi vous allez nous foutre la paix, continue Eric, et ne pas nous dénoncer...

J'ouvre grandes mes oreilles. Il a l'air tellement sûr de lui que je redoute ce qu'il va nous annoncer. Eric sourit et cherche le regard du propriétaire des lieux qui hoche la tête. Il a pris du galon, le sous-fifre, le rabatteur. Il se comporte comme s'il était son homme de confiance, son porte-parole désormais.

— Tout ce que la région parisienne compte d'accros au cul : célébrités, artistes, sportifs, hauts fonctionnaires de toutes les administrations, élus, chefs d'entreprise, malfrats, est passé ici. M. Darcent possède dans ses archives personnelles de quoi faire réfléchir la moitié du personnel politique, des flics et des magistrats du coin et d'ailleurs… on ratisse large. Il y a des caméras discrètes planquées partout et je vous prie de croire qu'elles ont chauffé certains soirs ! Bref, tous ces braves gens ne seraient pas très heureux qu'on balance à leurs femmes, leurs enfants, leurs collègues ou à la presse, de jolies images où on les voit se livrer aux fantaisies les plus… disons, exotiques. Parce que c'est pas joli-joli, l'humanité, quand on creuse un peu. Et on sait de quoi on cause, hein ?

Il se met à rire et Darcent l'imite comme s'il comprenait exactement à quoi Eric fait allusion. Hamid se tourne instinctivement vers la porte de la réserve qu'on a traversée tout à l'heure. Eric a remarqué son mouvement mais c'est Darcent qui prend la parole :

— Ne soyez pas naïf, mon jeune ami. Les documents les plus intéressants sont conservés dans ma banque, enfermés à triple tour dans un coffre. Seul mon avocat et moi-même en possédons la clé. Celui-ci connaît les consignes à suivre dans l'éventualité d'une… disons indisponibilité de ma part.

— Bref, conclut Eric qui prend de plus en plus d'assurance, n'allez pas vous imaginer qu'en cas de procès vous avez la moindre chance de nous inquiéter. Il y a trop de gens qui sont mouillés et qui auront la trouille pour qu'on risque quoi que ce soit contre nous. On aura quinze juges, quinze commissaires, quinze députés et quelques ministres en exercice ou à la retraite pour nous filer un coup de main discret et efficace. Vous, vous êtes rien, des minables sans avenir, des inconnus, de la racaille. Vous n'avez ni fric, ni relations. Rien, je vous dis ! En plus, des Arabes, d'avance c'est louche. Et depuis le 11 septembre, vous vous retrouvez dans le même sac que Ben Laden… C'est connu… les rebeus : tous des islamistes et des terroristes. Toi, Le chat, t'es dans le collimateur des flics, même s'ils t'ont jamais serré. Hamid, t'en as fait des conneries autrefois et il y a des langues qui pourraient se délier si on les aide un peu avec deux ou trois billets — et c'est pas ce qui nous manque. Djamel, pareil. Alors, je vous propose un deal. Vous reprenez la fille, on efface la cassette et on en reste là. On s'oublie définitivement les uns les autres. (Il désigne ses copains restés à terre.) Vous vous êtes passés les nerfs sur eux, elle a eu sa petite vengeance, moi aussi. On est quittes, non ?

— J'ajoute, précise Darcent, que je suis prêt à vous remettre immédiatement, et en liquide bien sûr, une compensation financière qui, je l'espère, permettra de mettre un terme à une situation pour le moins désagréable pour tous. Il est entendu que je ne porterai pas plainte.

Les bras m'en tombent. Ils sont en train d'essayer de nous retourner comme des gants. Et le pire, c'est qu'on est coincés. Le couplet d'Eric sur les « tous pourris », je le connais par cœur. Le discours obligé sur les hommes politiques et les puissants, déjà cent fois entendu. Il n'y a peut-être rien de vrai là-dedans. Mais comment le savoir ? Quelles sont les véritables cartes dont ils disposent ?

Cette enflure d'Eric a raison sur pas mal de points. Je ne me sens pas le courage de lui casser la tête, à froid. Je regarde Hamid, Jérôme, Djamel, Le chat. Ils ne sont pas des tueurs, des types capables de prendre plaisir à la souffrance des autres. Tout à l'heure, c'est la rage qui nous a fait cogner. Maintenant que tous ces salauds ne peuvent plus faire de mal à Djamila, c'est un peu retombé. Ma première réaction, c'était de vouloir foutre le camp. Pourtant, je me rends compte que ce n'est pas possible, qu'on ne peut pas les laisser comme ça et se barrer sans rien dire, comme si c'était nous, les coupables. Ils faut qu'ils payent pour ce qu'ils ont fait à Djamila. Je ne sais pas comment mais il le faut. Hamid commence par mettre son poing dans le ventre de Darcent qui se plie en deux, le souffle coupé.

— On n'en a rien à foutre de ton fric ! Tu crois qu'on efface les ardoises comme ça !

— Alors on fait quoi ? demande Le chat qui s'impatiente. On peut pas passer la nuit ici. N'importe qui peut débarquer.

Eric ricane :

— Il a raison Le chat. C'est vrai qu'on attend du monde. Et des mecs qui risquent d'être chargés, si vous voyez ce que je veux dire…

— On a ton frangin !

Eric lève les yeux au ciel.

— Ah, c'est lui qui vous a amenés ici… J'ai pas l'esprit de famille, vous pouvez en faire ce que vous voulez !

C'était notre dernière carte. Un léger vent de panique souffle au-dessus de nos têtes. Il bluffe ? Il est sérieux ?

— Je voudrais me rhabiller et partir !

Djamila s'est levée, enroulée dans sa couverture. Sa voix est blanche, son visage atone. Elle n'a pas un regard pour Eric et Darcent. Elle s'avance vers le tas de vêtements entassés sur la moquette et commence à fouiller pour retrouver les siens.

— Vous voyez, elle est raisonnable, la petite ! triomphe Eric. Elle a compris que vous ne pesez pas grand-chose et qu'il vaut mieux vous barrer avant de rencontrer les vrais ennuis.

Je déteste la sale lueur de triomphe qui brille dans ses yeux, je voudrais faire rentrer ses paroles dans sa gorge. Il sait qu'il est en train de gagner, que les mecs comme lui, comme Darcent, parviennent presque toujours à l'impunité parce que les remords, les scrupules, les regrets, ils ont oublié ce que c'est.

Hamid n'a pas le temps de réagir et de la retenir quand Djamila se redresse d'un coup. La couverture glisse de son corps et s'affale à ses pieds. La jeune femme passe derrière son cousin, ouvre le couteau qu'elle vient de ramasser là où Jérôme l'a jeté tout à l'heure et appuie la lame sur le cou d'Eric. Envolé, le masque inexpressif. La haine qui brûle dans ses yeux est intense. Mortelle. Je crie :

— Déconne pas, Djamila !

Personne n'ose bouger de peur qu'elle ne le tue, tout de suite. Eric ne bronche pas mais il sue. Sa face est écarlate, déformée par la peur. Il sait qu'elle est capable de le saigner comme un porc. Il a juste le temps de coasser :

— Arrête, tu peux pas faire ça…

Djamila ferme les yeux et tranche d'un seul coup la gorge d'Eric, l'ouvrant d'une oreille à l'autre.

Un hurlement qui se résout en gargouillis. Un jet de sang. Darcent qui le prend sur ses pompes, se retourne et dégueule. Hamid, Djamel et Le chat qui courent vers Djamila.

Je n'en peux plus. Je me laisse tomber à genoux, je prends ma tête entre mes mains et j'éclate en sanglots.

CHAPITRE 15

On est mardi et comme d'habitude, la lettre est là, perdue au milieu des factures et des publicités. L'écriture est droite, ferme, bien formée, l'enveloppe, simple et blanche. Je vais dans ma chambre et je l'ouvre à l'aide d'un coupe-papier, ensuite, comme je le fais rituellement, je la garde un instant dans mes mains avant de commencer à la lire.

Vincent,

Avec un peu de chance, tout ce qui m'entoure ne sera bientôt plus qu'un lointain souvenir. Tu n'as jamais vu ma cellule ici et tu ne la verras jamais. Onze mètres carrés, une fenêtre étroite munie de barres de sécurité, un lit, un lavabo, une cuvette de W.-C. *J'ai coincé un bureau entre le lit et le mur et j'y ai entassé tous mes livres. Quand je relève la tête, comme je viens de le faire, c'est ce mur que je vois et contre lequel mon regard se cogne depuis un peu plus de quatre ans maintenant.*

Donc, je lis, j'écris. Depuis que j'ai soutenu mon

mémoire de maîtrise, je travaille à mon DEA. Sans cesse. Pour ne pas devenir folle. Pour avancer.

Et pourtant, je ne veux pas échapper à mon passé. C'est étrange comme une existence peut finir par se résumer à un ou deux épisodes déterminants. Et cet épisode déterminant, pour moi, n'est ni le premier, ni le second viol que j'ai eu à subir. Cet épisode, c'est la mort d'Eric.

Ce meurtre, pour employer les mots exacts, dont je suis responsable.

Dans ta dernière lettre, tu m'as demandé avec mille précautions si je regrettais de l'avoir tué. Peux-tu te contenter d'une réponse simple ? Il y a celle que je suis, il y a celle que j'étais. C'est la même, c'est une autre.

J'ai beaucoup lu, étudié, réfléchi en quatre ans. J'ai changé. Aujourd'hui, je ne pourrais plus m'imaginer le faire. Je n'en aurais ni l'envie, ni la force, ni le courage. Je crois que ce meurtre était surtout l'aveu de mon impuissance. J'ai tué Eric parce que je ne pouvais pas l'atteindre, parce qu'il était au-delà de ce que j'étais. Je l'ai tué parce qu'il avait sali tout ce que à quoi je croyais et souillé tous les autres par la même occasion.

Je n'en avais pas le droit mais je ne le sais que maintenant. Je sais aussi que le procès en appel se jouera sur cette question : ai-je agi à froid ou sur un coup de folie ? Mon geste a-t-il reposé sur une impulsion du moment ou bien l'avais-je prémédité ? A l'issue du premier jugement, la cour a rejeté l'état de légitime défense. De fait, il a été prouvé que le couteau que Jérôme a découvert dans la poche d'Eric était le mien et qu'il me l'avait confisqué quelques heures plus tôt après l'avoir trouvé dissimulé dans la poche de mon jean. Mais comment aurais-je pu préméditer ce meurtre puisque je ne savais pas que j'allais être enlevée ? Je pouvais le redouter évidemment, compte tenu des circonstances. Toujours est-il que je suis allée m'emparer volontairement de ce couteau avant de m'en servir et que je l'ai fait de sang-froid.

Voilà sans doute les questions qui vont sous-tendre mon procès devant la cour d'assises d'appel. Elles me semblent vaines. Elles n'approcheront en rien la vérité de mon acte, ses linéaments les plus secrets, l'entrelacs de ses motivations. J'ai tué et je mérite ma peine. Je n'ai droit à aucun pardon. Je devrai traîner cette culpabilité, cette tache avec moi jusqu'à la fin de mes jours. Et ce qu'Eric et ses comparses m'ont fait subir n'excuse rien. J'ai fait justice moi-même, je n'en avais pas le droit. Or, ce droit, nous l'avons tous oublié dans cette histoire. Oublié et méprisé.

Le tout est à présent de savoir si j'ai assez payé et jusqu'à quand je devrai payer encore. Un crime peut-il exonérer d'un autre crime. Les viols, les humiliations dont j'ai été la victime sont-ils de nature à justifier une remise de peine ? Je m'en voudrais de m'en prévaloir, bien que je sache que mon avocate appuiera de nouveau sa défense sur ce point. Je ne peux le lui reprocher mais au plus profond de moi, je pense que c'est atténuer de manière indécente la gravité de mon acte.

Ceux qui n'ont jamais tué ne peuvent savoir ceci : au moment précis où tu ôtes la vie à quelqu'un, s'opère en toi quelque chose de proprement indescriptible. Arracher quelqu'un à l'existence comme je l'ai fait relève d'une expérience physique et psychologique, monstrueuse, insoutenable. Sentir la lame pénétrer la chair, sentir le sang chaud sur ses doigts, sentir le corps qui tressaute, se cabre, lutte et se laisse aller enfin est épouvantable. Je sais que certains en éprouvent du plaisir et qu'ils recherchent très exactement ces sensations. C'est la raison pour laquelle j'ai choisi le sujet de maîtrise que tu sais. Pas pour m'identifier. Pour comprendre et exorciser. Parce qu'un instant, j'ai été, j'ai senti comme eux.

Trouves-tu mes propos caricaturaux ? Trop moraux ? Bien-pensants ?

Rien n'est simple. Je suis musulmane : un musulman n'a pas le droit de tuer. C'est à Dieu seul qu'il appartient de juger et de punir les coupables. Je peux paraître incohérente et peu crédible si j'écris et soutiens cela. Pourtant, c'est ce que je crois aujourd'hui. Avec la plus grande sincérité. Bizarrement, c'est ce que je croyais aussi, il y a quatre ans.

Vincent, je ne sais pas si je mérite de sortir d'ici mais je l'espère. Lors du procès, la semaine prochaine, je chercherai tes yeux dans la salle, je m'y arrimerai et tout ira mieux. J'attendrai le verdict plus sereine.

Dernier point. Tu m'as demandé si moi, je pourrais te pardonner un jour. Je t'ai déjà pardonné. Depuis longtemps. Ton intervention malheureuse a remis les pendules à l'heure. Elle m'a renvoyée à ce moment précis où les choses auraient dû se résoudre. A la première fois, cette première fois où cédant à la loi de la cité nous nous sommes tus et avons voulu faire justice nous-mêmes. Deux personnes sont mortes à cause de cela.

Mourad, La teigne, Mouss sont en prison et vous, vous portez tous dans vos têtes ou dans vos corps les stigmates de cette histoire.

Je ne peux pas t'en vouloir de t'être intéressé à moi, tu étais simplement l'instrument d'un destin auquel nous ne pouvions échapper ni les uns ni les autres. « Mektoub », dit-on chez moi. C'était écrit, je ne peux que t'en remercier quoi qu'il ait pu arriver par la suite.

Je t'embrasse. J'ai besoin de toi.

Djamila.

Je reste longtemps à écouter la voix de Djamila résonner dans ma tête. Mots choisis, retenus, un peu raides, autant de garde-fous qu'elle dresse autour d'elle pour ne pas s'effondrer. Je remets la lettre dans l'enveloppe et je la glisse avec les autres, dans le tiroir central de mon bureau.

***

— Tu as lu sa maîtrise ? *La figure du tueur en série dans la littérature contemporaine.*

La mère de Valérie affiche un air contrarié qui ne me dit rien qui vaille.

— Oui. Je l'ai trouvée particulièrement originale.

Nous sommes assis de part et d'autre de son bureau où s'accumulent des piles de dossiers en souffrance. La lumière, très pâle, tombe des hautes fenêtres à meneaux. Dans la pièce attenante à la nôtre, j'entends Marie, la secrétaire, taper un rapport quelconque. Le cliquetis des touches a quelque chose d'assoupissant. Mme Dargenson pose ses deux mains bien à plat devant elle et cherche mes yeux. Elle a le regard de sa fille, franc et direct, qui me désarçonne toujours un peu.

— Précisément, Vincent. C'est cette originalité qui m'inquiète. J'ai peur que le ministère public ne s'en serve pour la faire passer pour une folle ou une illuminée, fascinée par le mal et le meurtre. Si l'on choisit bien certains passages et qu'on les isole de tout contexte, c'est éloquent…

Elle pêche une épaisse liasse posée sur le côté de son bureau, l'ouvre et pointe un passage surligné en jaune.

— Tiens, prends ceci : *A la différence de l'assassin ordinaire qui tue par impulsion subite, par esprit de vengeance, dans la perspective d'un profit immédiat ou à long terme et qui expie à un moment ou un autre, le tueur en série n'expie pas.*

« *Ses meurtres ne sont pas une plate accumulation de crimes, une simple juxtaposition de cadavres semés au hasard de sa route. Il s'agit plutôt d'un empilement, d'une ascension patiente et raisonnée. Chez le tueur en série, le meurtre est vertical, certainement pas horizontal ! Son cheminement est ascendant.*

« Je te passe quelques lignes. Ecoute ça !

« *Ainsi, pour le meurtrier ordinaire, c'est l'humain qui est visé et sa disparition le seul but à atteindre. L'assassin en série, tel que le mettent en scène certains auteurs, voit plus haut : celui qu'il tue n'est qu'une porte vers l'ailleurs. La créature n'est que le premier pas vers la transcendance. Effacer l'humain, c'est s'attaquer à Dieu ! Le geste a valeur métaphysique.*

« Je ne sais pas où elle est allée pêcher ça mais il faut suivre, non ! Je te passe les quinze pages d'analyse où elle convoque Dostoïevski, Giono et tout un tas d'auteurs dont je n'ai pas retenu le nom pour justifier sa thèse. La suite est tout aussi gratinée. (Elle feuillette rapidement le document et lit :)

« *Dans le roman de Philippe Kerr,* Une enquête philosophique, *le tueur en série se compare lui-même au personnage de Dom Juan. Voilà peut-être la clef de cette fascination de nos contemporains pour cette figure emblématique : elle n'est peut-être rien d'autre que le mythe dégradé de Dom Juan. Un Dom Juan comme jamais n'aurait pu l'imaginer Molière. Un Dom Juan qui a changé de quête. Un Dom Juan de l'ère industrielle, un Dom Juan rompu à l'idée du meurtre de masse, plus dénaturé que jamais. Un Dom Juan que la séduction, la possession, la chair, ne sont plus suffisantes à satisfaire. Un Dom Juan aux appétits inavouables et toujours inassouvis, pour qui la mort est définitivement et absolument le pendant de l'amour.*

Elle pose le mémoire de Djamila, le front barré par une ride soucieuse.

— Tu imagines le parti qu'on peut tirer de ces écrits, après le tapage médiatique qui a entouré cette affaire, la fascination qu'a exercée Djamila sur le public : héroïne deux fois violée qui égorge le responsable de son malheur comme dans une tragédie antique, un roman, un conte, ou que sais-je encore ! Les commentaires n'ont pas manqué sur ce point. En bref, j'ai peur que ce soit elle qu'on assimile au tueur métaphysique de ses recherches, d'autant qu'elle revendique sa foi et que les raccourcis n'effraient pas les journalistes... En d'autres termes, je redoute qu'on l'assimile à ce Dom Juan détraqué qu'elle dépeint et qui jouit de tuer. Je redoute que le meurtre qu'elle a commis ne soit décrit comme la réplique inverse du viol qu'elle a subi. Je vois venir les commentaires : phallus/couteau, même combat, la finalité étant dans les deux cas le plaisir pour soi et l'anéantissement de l'autre ! Psychologie de comptoir, certes, mais combien redoutable ! Et je sais que Desarthe, le procureur, ne se privera pas d'y recourir dans son réquisitoire.

Que pourrais-je répondre à un tel déluge de paroles ? Je ne suis pas rodé aux subtilités des prétoires, je n'ai évidemment jamais plaidé, je ne suis qu'un étudiant en droit caressant le désir de devenir avocat et qui découvre le métier en travaillant au procès d'une femme qui compte pour lui... Devrais-je dire de *la femme* qui compte pour moi ? Je pose la main sur l'épais document qu'elle a abandonné sur la table, troublé par cette quasi-présence de Djamila dans la pièce.

— Peut-être pourriez-vous d'emblée essayer d'amener les jurés à dissocier le travail universitaire qu'a conduit Djamila de ce qu'elle est véritablement. Son traumatisme initial est sans doute déterminant pour expliquer le choix de son sujet mais qui peut le lui reprocher ? Sa méthode de travail est cohérente, honnête, basée sur des citations précises et incontestables. La mention qu'elle a obtenue n'est pas le fait d'une quelconque mansuétude de son jury à son égard mais celui de sa valeur propre. Peut-on soupçonner les historiens qui ont travaillé sur les camps de concentration de complaisance à l'égard des nazis ?

Dans la pièce à côté, Marie a fini de taper. Le ronronnement familier de l'imprimante s'élève. Mme Dargenson me contemple d'un air rêveur et finit par dire :

— J'y ai pensé, figure-toi. Je pense retenir l'argument, qui souffre cependant d'une faiblesse : les historiens en question n'ont pas de meurtre sur la conscience, du moins je le suppose. Djamila, si.

CHAPITRE 16

J'abandonne mon stylo et je repose mon code de procédure pénale. Depuis quatre ans, ce petit parallélépipède rouge est devenu familier à ma main, comme un animal apprivoisé, confortablement niché dans ma paume et qui n'attend que la caresse de mes doigts pour se mettre à ronronner. Quatre ans, le temps qu'il faut pour changer de vie, d'amis, de centres d'intérêt, de projets. Le temps qu'il faut pour ne plus se ressembler, pour se trahir peut-être diraient certains.

Je pourrais aussi, à l'instar de Djamila, écrire que le moment déterminant de ma vie est le meurtre d'Eric. C'est lui qui a décidé de mes choix, de ma vocation. L'influence de Valérie – son engagement, ses réflexions sur la société, l'économie –, et les études que j'ai choisi de suivre ont fait le reste.

Lorsque Djamila a tué Eric, j'ai éprouvé un étourdissement de quelques secondes. Quand j'ai relevé la tête, j'ai vu Hamid qui retenait son bras et l'empêchait de retourner le couteau contre elle. Elle a été victime d'une crise de nerfs et Jérôme, d'autorité, l'a prise dans ses bras, l'a soulevée et a quitté la pièce. Djamel a relevé Darcent et nous sommes remontés, enfermant à double tour, en compagnie du cadavre de leur mentor, les cinq violeurs que nous avions mis à mal. Nous avons traversé en sens inverse l'enfilade de salles que nous avions suivie pour nous rendre dans le studio où s'était déroulé le drame que nous venions de vivre.

En sortant, je n'ai pas pu me retenir de regarder en direction du fauteuil roulant. La tête d'Eric était inclinée sur sa poitrine et ses cheveux retombaient en cascade sur son visage, le dissimulant en totalité. Sa chemise blanche et son pantalon étaient imprégnés de sang. Le mur, le sol, ses pieds en étaient éclaboussés.

Nous avons installé Djamila dans un canapé. Darcent s'est assis à son bureau sous la surveillance du chat qui épiait chacun de ses gestes. Djamel a libéré les pieds de l'homme que nous avions laissé attaché au sol et lui a enlevé son bâillon. Ensuite, il est sorti pour extraire le frère d'Eric de son coffre et le ramener ici. Nous étions abasourdis, incapables de la moindre parole. C'est Jérôme qui a rompu le silence :

— Je vais appeler les flics.

— Pas question ! s'est écrié Hamid.

— Je vais appeler les flics, a répété Jérôme sans

se départir de son calme, ses yeux rivés à ceux d'Hamid. On a assez fait les cons pour aujourd'hui !

Darcent nous observait, conscient des tensions au sein de notre groupe. S'engouffrant dans la brèche, il s'est éclairci la voix puis a déclaré :

— Avertir la police serait la dernière des maladresses à commettre. Nous sommes tous coupables à des degrés divers. Faire intervenir la justice, c'est risquer la condamnation de façon certaine… Votre jeune amie ici présente n'échappera pas à la prison et vous aussi sans doute. J'ai des amis qui peuvent m'aider à faire disparaître le corps, à convaincre les petites frappes restées en bas de se taire, à forger des alibis pour tout le monde. Je suis prêt à payer très cher si…

Je ne l'ai pas laissé poursuivre. Nous ne pouvions continuer dans cette voie. Toujours le mensonge, toujours les arrangements, toujours le souci d'échapper à la loi. Pas pour notre profit. Pour le sien !

— Hamid, ce mec est en train de te mener en bateau ! Tu ne vois pas qu'il essaie de s'en tirer lui, et lui seul ? Il en a rien à foutre, de toi, de moi, de Djamila ! Si on accepte ce qu'il nous propose, on devient ses complices. Les complices d'un type à qui tu refuserais de serrer la main dans la rue. Les complices d'un pourri qui a bâti sa fortune sur le trafic de chair fraîche !

Hamid s'est tourné vers sa cousine, puis vers moi.

— Mais pense à Djamila ! m'a-t-il dit. Tu ne veux quand même pas que…

— Hamid, tais-toi, je t'en prie ! Je veux que vous appeliez les flics !

C'était la voix de Djamila. Sèche, déterminée.

Jérôme n'a pas attendu davantage. Il a cherché son téléphone cellulaire dans la poche de son blouson et a composé le 17.

***

J'ai un souvenir vague et embrouillé des heures qui ont suivi. L'arrivée des policiers, des hommes de l'identité judiciaire, du médecin légiste, les lumières des gyrophares, le va-et-vient des ambulanciers qui évacuaient Djamila puis les blessés restés enfermés dans le studio, le cadavre d'Eric. Darcent, menotté qui réclamait son avocat. Les interrogatoires sommaires sur place avant que nous ne soyons conduits au poste de police de Vrigny. Nous avons été libérés le lendemain. Le père de Jérôme et le mien sont venus nous chercher en train et nous sommes redescendus tous les cinq dans la 306. Djamila est restée là-bas en garde à vue.

Hamid, Jérôme, Le chat, Djamel et moi avons été reconnus coupables d'enlèvement, de séquestration et de coups et blessures. Concernant Hamid, Jérôme et moi et compte tenu des faits, nous avons bénéficié de la clémence de la cour. Il a été reconnu que nous agissions dans le but de sauver Djamila et que les coups portés relevaient de la légitime défense. Aucune inscription n'a été portée sur notre casier judiciaire. Pour Le chat et Djamel, ça a été un peu plus compliqué, eu égard à leurs antécédents, mais ils ont finalement été acquittés. Mouss, La teigne et leurs trois complices ont été condamnés à vingt ans de prison ferme, pour enlèvement, séquestration, viol aggravé et actes de barbarie.

Darcent a profité de ses relations et de son argent pour se faire libérer sous caution, en attendant son jugement définitif. Il a immédiatement disparu dans la nature et ses biens ont été mis sous séquestre. Le scandale a été immense parce que dans les kilomètres de cassettes que la police a épluchés pendant des semaines, on a fini par retrouver des bandes qui mettaient en scène des mineurs. En revanche, les images incriminant des personnalités n'ont jamais été retrouvées et doivent toujours dormir dans le coffre d'une banque, en France ou à l'étranger, si elles existent. J'imagine qu'en ce moment, Darcent est à l'abri dans un paradis fiscal, assis sur un confortable coussin de dollars, de francs suisses ou d'euros, protégé par le silence que l'argent et son carnet d'adresses bien rempli contribuent à entretenir.

Mourad a été arrêté et jugé pour le meurtre de

Nico et purge sa peine dans une prison du sud de la France. Il n'a jamais révélé les noms de ceux qui l'accompagnaient ce soir-là et a pris sur lui seul la totalité de la responsabilité.

Djamila a été reconnue coupable de meurtre sur personne vulnérable. Selon l'article 221.1 du code pénal : donner volontairement la mort à autrui constitue un meurtre, puni de trente ans de réclusion criminelle. La peine prononcée a cependant été inférieure à la peine encourue grâce aux efforts et au talent de la mère de Valérie qui a pris en main le dossier. Djamila a été condamnée à cinq ans de prison ferme. Peut-être aurait-elle pu avoir moins. Mais la manière spectaculaire, souvent contradictoire, dont les médias ont traité l'affaire n'a sans doute pas été étrangère à cette décision, quoi qu'on en dise.

La vie a repris cahin-caha à Poitiers. J'ai cherché une bouée de sauvetage dans le travail et j'ai passé mon bac brillamment. L'année suivante, Hamid est parti vivre à Paris pour se lancer dans la musique. Il en vit maintenant, et le groupe dont il est le leader commence à faire parler de lui. Moi, je ne suis allé ni en fac de lettres, ni en musicologie comme j'avais envisagé de le faire. J'ai choisi d'étudier le droit afin de devenir avocat. J'ai progressivement abandonné la guitare. Mes études universitaires me laissaient peu de temps pour le reste.

Ma relation avec Valérie a duré presque quatre ans. Quatre ans qui nous ont vus évoluer vers toujours plus d'amitié et toujours moins d'amour. A mon retour de Sergeny, elle m'a écouté, avec patience, sans porter de jugement sur mon attitude, sur mes erreurs. Ses parents m'ont aidé juridiquement. Son père s'est chargé de mon dossier, lors du procès. Sa mère s'est jetée à corps perdu dans la défense de Djamila, sans contrepartie financière parce que ses parents ont des revenus modestes.

Progressivement, j'ai commencé à faire partie de la famille et quand j'ai décidé de devenir avocat, c'est tout naturellement que ses parents m'ont proposé de venir comme observateur dans leur cabinet, afin de m'initier aux arcanes du métier.

Ma séparation d'avec leur fille s'était faite en douceur, sans douleur. Un jour, nous nous sommes rendu compte que nous ne nous aimions plus mais que nous avions une affection réelle, tendre et profonde l'un pour l'autre. Nous n'avons pas cessé de nous fréquenter pour autant.

Qu'était-il arrivé ? Sans doute rien d'autre que l'usure du temps qui passe. Le retour de Djamila dans mes pensées, plus sûrement. Pendant trois ans, je n'ai eu aucune nouvelle d'elle. Nous nous sommes entraperçus au tribunal mais je fuyais ses yeux. J'avais trop honte de ce que j'avais fait. Il y a deux ans, je lui ai écrit. A ma grande surprise elle m'a répondu et notre correspondance ne s'est jamais interrompue depuis lors. Petit à petit, s'est tissé quelque chose entre nous que nous nous gardons bien de nommer mais qui nous lie plus que tout.

Quand Valérie est partie au début de l'année pour poursuivre ses études d'économie à Boston, je l'ai accompagnée jusqu'à Roissy. Avant qu'elle embarque, nous nous sommes tenus longtemps serrés l'un contre l'autre. J'étais malheureux de la voir partir. Elle m'a dit :

— Je suis certaine que maman va gagner le procès en appel et que Djamila va sortir cette année. Elle aura besoin de toi.

Comme j'acquiesçais en silence, elle a ajouté :

— Et toi d'elle.

Il n'y avait pas une once d'ironie ou d'amertume dans sa voix.

Je me lève, je vais à ma fenêtre. Le ciel est gris de nuages. Le vent éparpille sur la pelouse les feuilles du cerisier tombées au sol. Au fond du jardin, à droite de la remise, mon père a enflammé un tas d'herbes encore humides qui brûlent sourdement en dégageant une fumée grise, épaisse, que les bourrasques rabattent au sol. Je retourne à mon bureau, j'ouvre mon tiroir et je tâtonne un peu jusqu'à ce que l'extrémité de mes doigts se pose sur l'objet que je cherche. Je l'attire à moi et je le prends dans mes mains. C'est un petit carnet à la couverture fleurie, recouvert d'un pelliculage brillant, écaillé par endroits, un peu terni par le temps : le « journal » de Djamila, resté dans la boîte à gants de la voiture de Jérôme et que j'ai récupéré une fois rentré à Poitiers, là où je l'avais laissé, sans que – par miracle – qui que ce soit ait eu la curiosité de l'ouvrir et de le feuilleter lors de l'enquête. Pendant longtemps, je l'ai laissé dans un tiroir, incapable d'en terminer ma lecture. Il n'existait plus. Personne ne savait que je le possédais. Comme il n'a jamais été cité lors du procès, Djamila n'y a fait aucune allusion. Elle a dû supposer qu'il était tombé de son sac lorsqu'elle s'en était servie pour frapper La teigne et qu'il avait roulé dans un caniveau, lessivé par la pluie avant de terminer dans les égouts. Pour ma part, je ne l'ai relu et achevé il n'y a que quelques mois.

Je sors. Le vent me saisit de face, ébouriffant mes cheveux et me faisant frissonner. Je marche jusqu'au feu, il brûle beaucoup plus fort que tout à l'heure. J'en sens l'odeur lourde, tenace, un peu piquante. Le carnet est comme une présence chaude dans ma main. Je vais m'asseoir sur une vieille souche, protégé des bourrasques incessantes par la masse de l'abri de jardin. Je reprends les dernières pages écrites par Djamila, ces pages dont j'avais interrompu la lecture il y a une éternité de cela.

Désormais, tu as mis tous les hommes dans le même panier. Tous. Quand ils te matent, c'est leur sale envie que tu pressens, leurs sales mains que tu redoutes de sentir sur ta peau, leurs sales désirs que tu devines, jusque dans leurs regards. Alors, comme tu ne peux pas leur faire tout le mal que tu voudrais pouvoir leur faire, tu les blesses avec tes mots. Comme celui de tout à l'heure, le copain d'Hamid, ce Vincent, qui est venu pleurnicher son admiration pour toi, qui t'aurait bavé sur les chaussures, pourvu que tu l'aies seulement voulu.

Tu l'as maltraité, humilié, jeté comme un minable et puis tu es partie.

Ce qu'il n'a pas vu, c'est que tu t'es retournée, que tu l'as regardé repartir la tête basse et que tu as eu honte.

Voilà : tu étais haineuse et honteuse à la fois.

A cause d'Eric, tous ceux qui t'approcheraient à l'avenir seraient souillés par le souvenir que tu as de lui et que tu ne parviens pas à arracher à toi.

***

Quand il t'a cognée, la première fois, en revenant de chez Darcent, tu lui as pardonné, tu as mis son geste sur le compte de la déception. Puis tu as su jusqu'où il pouvait aller.

Le soir de ton départ pour l'Algérie, quand Mourad, Hamid et les autres les ont frappés, tu as regretté qu'il ait survécu. Nico, tu t'en foutais. Mais lui...

Car c'est cela que tu désires aujourd'hui. Même si tu n'osais pas te l'avouer jusqu'à maintenant. Qu'il meure ! Qu'il crève ! Et si possible que ce soit de ta main.

C'est pourquoi tu vas faire ce que tu peux pour te retrouver face à lui et quand ça sera arrivé, tu le tueras, peu importe comment, pourvu qu'il souffre et qu'il sache qu'il meurt de ta main.

Pour cela, il suffit de relancer la machine.

Dans quelques jours, une ou deux semaines tout au plus, tu téléphoneras chez lui, à Mirecourt, tu déguiseras ta voix, tu diras simplement : « Djamila est planquée à Poitiers, chez la mère d'Hamid... » et tu raccrocheras.

Ensuite, tu sais ce qu'il fera, il est tellement prévisible : il voudra se venger, personnellement, te tenir à sa merci et donc s'approcher de toi.

A te toucher.

Avant longtemps, ses sbires t'enlèveront et te conduiront à lui. Tu t'arrangeras pour te retrouver seule avec lui, tu sais que tu y arriveras. Et puis tu le tueras, avec un couteau, ce sera plus simple à dissimuler sous tes vêtements.

Ensuite, advienne que pourra, tu t'en fous. De toute façon, tu existes à peine. Qu'ils fassent de toi ce qu'ils voudront ! C'est mieux qu'un suicide. Plus abouti. C'est comme une noyade à deux. On s'accroche l'un à l'autre et puis on coule ensemble.

Enfin.

***

Ce soir, tu as accepté de sortir avec Hamid et ses amis. Vincent était là. Plus tard, tu as parlé avec lui puis vous avez dansé ensemble. Tu as tout fait pour qu'il ait envie de s'éloigner de toi, pour qu'il comprenne que... A vrai dire, tu ne sais pas ce que tu voulais qu'il comprenne. En d'autres temps, en d'autres lieux, tu aurais aimé le rencontrer. Tu ne regrettes rien. La vie ne se répète pas.

Une rature et plus rien. Je referme le carnet. Djamila n'a pas eu le temps de mettre son projet à exécution. Un grain de sable s'est glissé dans la machine. Imprévisible, comme tous les grains de sable. Sauf qu'au lieu de bloquer toute la mécanique, je l'ai fait s'emballer avant l'heure.

Mektoub. C'était écrit, m'a candidement avoué Djamila dans sa dernière lettre...

Elle a raison, c'était écrit.

Pas dans les astres, pas dans le grand livre du destin. Dans son carnet, tout simplement. La preuve qu'elle avait tout prémédité, qu'elle désirait sa mort, que le couteau qu'Eric lui avait enlevé était destiné à commettre un meurtre. La preuve irréfutable qui peut lui faire passer quinze ans encore derrière les barreaux.

Un futur avocat a-t-il le droit de dissimuler des faits à la justice ? Pire, a-t-il le droit de détruire une pièce essentielle à la tenue d'un procès ? A cette question, le code de procédure pénale, la jurisprudence, la déontologie, le devoir, répondent sans équivoque non.

En d'autres temps, en d'autres circonstances, j'apporterais sans doute une réponse identique. Il se trouve que le futur avocat que je suis a pesé les termes de cette histoire et a fait un choix condamnable en termes de morale *stricto sensu*. Il me fait supposer que mon amour pour Djamila est supérieur à la simple idée de justice. Il me fait supposer également que je ne suis pas exactement celui que je croyais être.

J'ai perdu ma sœur parce que j'étais impuissant à agir.

Je ne perdrai pas Djamila.

Je marche jusqu'au tas d'herbes et je laisse le carnet tomber dans les flammes qui se tordent vivement, attisées par les rafales. Elles lèchent la couverture plastifiée qui commence à dégager une fumée bleuâtre et âcre. Les pages noircissent, se racornissent puis s'embrasent d'un seul coup. Bientôt, ne restent d'elles que des écailles torsadées de cendre noire que j'écrase du pied et qu'un coup de vent disperse.

Dans la collection

Lampe de Poche Ados

Ne pas tout dire
Un jour, mon prince
Shaïne Cassim

Notre secret à nous
Villa des dunes
La vie en rose
Gudule

Guitare solo
Avril, tout simplement
Martina Murphy

Le miroir sans voix
Ann Rocard

La vie d'abord
Anne-Marie Pol

Hier, au San Deodoro
Yves-Marie Clément

La fille aux semelles de plomb
Jean Molla

Impression réalisée sur CAMERON par

BUSSIÈRE CAMEDAN IMPRIMERIES

GROUPE CPI

à Saint-Amand-Montrond (Cher)
en février 2003
pour le compte des Éditions Grasset,
61, rue des Saints-Pères, 75006 Paris.

Mise en pages : Bussière

N° d'édition : 12710. — N° d'impression : 26854-025518/1.
Dépôt légal : février 2003.

Imprimé en France

ISBN 2-246-64761-4